这一切发生在很久很久以前，

这样的故事不会再重演了。

穿条纹衣服的男孩

The Boy in the Striped Pyjamas

[爱尔兰] 约翰 · 伯恩（John Boyne）◎著
[英] 奥利弗 · 杰夫斯◎绘　　李亚飞◎译

CNS PUBLISHING & MEDIA
湖南少年儿童出版社 HUNAN JUVENILE & CHILDREN'S PUBLISHING HOUSE
小博集 BOOKY KIDS

著作权合同登记号：图字18-2019-310

图书在版编目（CIP）数据

穿条纹衣服的男孩 /（爱尔兰）约翰·伯恩著；（英）奥利弗·杰夫斯绘；李亚飞译. -- 长沙：湖南少年儿童出版社，2021.5（2024.3重印）
ISBN 978-7-5562-5396-8

Ⅰ. ①穿…　Ⅱ. ①约…　②奥…　③李…　Ⅲ. ①长篇小说 – 爱尔兰 – 现代　Ⅳ. ①I562.45

中国版本图书馆CIP数据核字（2020）第178033号

CHUAN TIAOWEN YIFU DE NANHAI
穿条纹衣服的男孩

［爱尔兰］约翰·伯恩（John Boyne）◎著　［英］奥利弗·杰夫斯◎绘
李亚飞◎译

责任编辑：阳　梅　李　炜　　**策划出品：**小博集 BOOKY KIDS
策划编辑：文赛峰　　**特约编辑：**林佳伟
营销编辑：付　佳　付聪颖　周　然　　**版权支持：**辛　艳　张雪珂
封面设计：梁秋晨　　**版式排版：**金锋工作室

出 版 人：刘星保
出　　版：湖南少年儿童出版社
地　　址：湖南省长沙市晚报大道89号　　**邮　　编：**410016
电　　话：0731-82196340（销售部）　0731-82194891（总编室）
传　　真：0731-82199308（销售部）　0731-82196330（综合管理部）
常年法律顾问：湖南崇民律师事务所　柳成柱律师
经　　销：新华书店　　**印　　刷：**三河市中晟雅豪印务有限公司
开　　本：875 mm × 1230 mm　1/32　　**印　　张：**7.5
版　　次：2021 年 5 月第 1 版　　**印　　次：**2024 年 3 月第 4 次印刷
书　　号：ISBN 978-7-5562-5396-8　　**定　　价：**32.00元

若有质量问题，请致电质量监督电话：010-59096394　　团购电话：010-59320018

新版序

我是在二〇〇四年至二〇〇五年期间着手创作《穿条纹衣服的男孩》的，那时候我绝没有预料到，这本书的生命力会如此强大而丰富。一开始创作这本书的时候，我的脑海里只出现了一幅非常简单的画面：两个男孩分别坐在铁丝网两边，彼此说着什么，我当时就对他们为什么会来到这里，他们在说些什么，以及他们的故事会有怎样的结局产生了兴趣。

十年后，这部小说不仅改变了我的生活，还让我邂逅了一些人，我从未想过能遇见这些人。二十世纪四十年代，不少集中营被修建。我在人生旅途中，不仅与集中营中的遇难者的后代见了面，他们与我分享了他们的回忆和哀思，还得以见到了一些幸存者，亲耳聆听他们的故事。能了解这样的历史事件，并参与这样令人激动的谈话，我感到幸运。青少年文学中有两个主题最吸引我，在后来的创作中我也多次使用这两个主题：一个是童年本该是快乐和无忧无虑的，战争经历会对童年产生怎样的破坏影响；另一个是，孩子们因为战争被迫提前进入成年世界，战争对于孩子又意味着什么。

在我的小说里，类似布鲁诺这样的小英雄总是乐观、机智，又有点天真的，他们不想让大人来解决他们的问题，即使他们并非每次都能自己解决这些问题。他们在成长过程中充满困惑，试图弄明白所有事情。有时候，他们会成功，有时候则会弄得一团糟，但他们绝不会被打垮。

我很高兴能跟我的朋友奥利弗·杰夫斯一起创作插图纪念版《穿条纹衣服的男孩》。我和奥利弗一起合作过好几本书，而他为《穿条纹衣服的男孩》手绘的插图，完美展现了一位处于创作和想象力巅峰的艺术家的才华。

对那些允许《穿条纹衣服的男孩》走进他们的生活和被这个故事感动的读者，以及那些对这本书提出异议并公开表达反感的读者，我总是心怀感激。毕竟，与政治和宗教不同，文学最令人愉悦之处在于，它能融合不同的观点，它鼓励辩论，它能让我们与最亲密的朋友和最爱的人展开热烈的讨论。而在这个过程中，没有人会受伤，没有人会被驱赶出家园，没有人会被杀害。

Contents 目录

· 第一章 ·

布鲁诺的发现

一天下午，布鲁诺放学回到家，他惊讶地发现家里的女佣玛丽亚——那个总是低垂着脑袋、视线从不曾离开地毯的女人——正站在他的房间里，把他衣柜里所有的东西都拿了出来，放进四个大木箱子里。就连那些他藏在衣柜后面、不为人知的东西也不例外。

“你在干什么？”他尽量用一种礼貌的语气询问女佣，虽然一回家就看到别人乱翻自己的东西令他很不高兴，但是妈妈总是告诉自己要尊重玛丽亚，不能像爸爸那样对她说话：“别用你的手碰我的东西！”

玛丽亚摇摇头，用手指向布鲁诺身后的楼梯，他的妈妈出现在了那里。她身材高挑，长长的红发用发网盘在脑后。她紧张地把双手拧在一起，似乎有些事情令她无法开口，又或者发生了什么她根本无法相信的事情。

“妈妈，”布鲁诺说着，朝她走了过去，“怎么回事？为什么玛丽亚在翻我的东西？”

“她正在把这些东西打包。”妈妈解释说。

“把东西打包？”布鲁诺问道。他的脑海中飞快地闪过这几天发生的事情，细想着自己有没有淘气，或是大声说了什么不得体的话，以至于自己要被送走。然而，他一无所获。事实上，过去这几天他在所有人面前的行为举止都很得体，他根本想不起自己犯了什么过错。“为什么？”他又问，“我做错了什么事吗？”

这时，妈妈走进了她的房间，而管家拉尔斯正在那里将她的东西打包。她叹了口气，失落地摊开手，然后走回楼梯间。布鲁诺跟在她身后，他一定要把事情给弄明白。

“妈妈，”他继续问，“究竟发生了什么事？我们要搬家吗？”

“跟我到楼下来，”妈妈说着，领着他朝楼下的大餐厅走去，上周“圆叟”[1]刚在那里吃过晚餐，“我们去那儿谈。”

---

① Fuhrer（元首）和 fury（狂怒、暴怒）发音相近，布鲁诺误将 Fuhrer 听成了 fury，故此处为意译。

布鲁诺跑下楼，甚至跑到了妈妈前面，妈妈还没走到餐厅，他就已经在那里等她了。他一句话也不说地盯着妈妈看了一会儿，心想她今天早晨一定没有好好化妆，因为她的眼睛比平时红，就跟自己犯了错、惹上麻烦之后哭鼻子一个样。

“你不用担心，布鲁诺。”妈妈说着坐了下来。上周和“圆叟”一起用餐的那位美丽的金发美女当时就坐在这把椅子上，爸爸关门时，她还朝布鲁诺挥了挥手。“事实上我们要去进行一次探险。”

“什么样的探险？”布鲁诺问，“我要被送走吗？”

“不，不只是你，”妈妈说。她想了想，脸上露出了一丝微笑。“我们都会被送走。你爸爸和我，还有格蕾特尔和你，我们四个都会被送走。”

布鲁诺思考了一会儿，不由得皱起眉头。他并不在意格蕾特尔会被送走，因为她实在是个不可救药的孩子，只会带来麻烦。但是全家人都要和她一起被送走，这似乎有点不公平。

“可是去哪儿呢？”布鲁诺问，“我们究竟要去哪儿？为什么我们不能留在这儿？”

“为了你爸爸的工作，”妈妈解释道，“你知道这有多重要，不是吗？”

“是的，我当然知道。”布鲁诺说着，点了点头，因为家里总是有很多访客——男士都穿着气派的军装，女士都随身带着打字机，布鲁诺从不敢伸出脏兮兮的手去碰那些打字机。这些人对爸爸都非常客气，他们说爸爸很受重视，“圆叟”一定会对爸爸委以重任的。

“某些时候，当一个人很重要，”妈妈继续说，“他的上级就会派他去某个地方，因为那儿有一项重要任务需要他去做。”

“什么样的任务？”布鲁诺问。说句老实话，他一直以来完全不知道爸爸的工作是什么。

有一天在学校里，大家谈论起各自的爸爸。卡尔说他爸爸是卖蔬菜的，布鲁诺知道他说的是真的，因为他爸爸的蔬菜店就在小镇的中心。丹尼尔说他爸爸是一位老师，布鲁诺知道这也是真的，因为他爸爸给那些年纪大一些的男孩上课，布鲁诺见到那些大男孩时，总是躲得远远的。马丁说他爸爸是一名厨师，布鲁诺知道这同样是真的，因为他爸爸有时候会来学校接马丁，而他总是穿着白色的工作服和格子围裙，就好像刚从厨房里走出来一样。

当他们问起布鲁诺的爸爸的职业时，布鲁诺张开嘴想要告诉他们，却突然间意识到他根本不知道，只好说他爸爸很受重视，“圆叟”有很多重要任务委派给他，对了，他还总穿着一身非常气派的军装。

“这是一项非常重要的任务。”妈妈说。她犹豫了一会儿，又说：“这项任务需要一个非同寻常的人来完成。你能够明白，对吗？”

“那我们都要去吗？”布鲁诺问。

“我们当然都要去。”妈妈说，“你也不想让爸爸一个人孤零零地去那儿开始他的新工作，对吗？”

“我当然不想。”布鲁诺说。

“假如我们不和爸爸一起去，他会非常想我们的。”妈妈又说。

“他会最想谁呢？”布鲁诺问，“是我还是格蕾特尔？”

“他对你们的想念一样多。”妈妈说，她坚信对待孩子不能偏宠任何一方。布鲁诺很尊重妈妈的态度，尤为重要的是，他知道自己才是妈妈最爱的孩子。

“可我们的房子怎么办？”布鲁诺问，“我们走了，谁来照看我们的房子？”

妈妈叹了口气，把整个房间环顾了一遍，就好像再也不会见到这座房子一样。这座房子很漂亮，总共有五层。

库克在地下室准备各种食物。玛丽亚和拉尔斯总是坐在桌边争吵个不停，他们还用别人想不到的绰号来称呼对方。顶楼的小房间有一扇斜窗户，如果布鲁诺踮起脚，紧抓住窗框，他可以从这里看见整个柏林。

“我们得暂时把房子锁起来，”妈妈说，“不过总有一天我们会回来的。”

“那库克怎么办？”布鲁诺问，“还有拉尔斯和玛丽亚怎么办？他们就不住在这儿了吗？”

“他们会和我们一起离开。”妈妈解释说，“好了，你问的问题已经够多了。或许你应该上楼去帮玛丽亚收拾你自己的东西。”

布鲁诺从椅子上站了起来，但是哪儿也没去。他还有一些问题要问妈妈，这样他才能弄明白整件事情。

“那地方有多远？”他问，“我是说爸爸新工作的地方。超过一英里①远吗？”

“哦，我的孩子。”妈妈笑了，不过她的笑容有些奇怪，因为她看起来并不开心。她转过身去，似乎不想让布鲁诺看到她的脸。“是的，布鲁诺。”她说，“那里超过了一

① 1 英里约合 1.6 公里。

英里远。事实上，比一英里远多了。”

布鲁诺睁大了眼睛，他的嘴巴变成了O形。他感觉到自己的双手在向两边伸展，一旦对什么事情感到惊讶，他就会这么做。“你该不会是说我们要离开柏林吧？”他问道。当他说出这句话的时候，他简直无法呼吸了。

“恐怕是这样的。”妈妈说着，悲伤地点了点头。“你爸爸的新工作——”

“那怎么上学呢？”布鲁诺打断了妈妈，他知道这样做不好，但是他觉得在这种情况下妈妈会原谅他的，“还有卡尔、丹尼尔和马丁怎么办呢？当他们想要跟我一起玩的时候，他们知道去哪儿找我吗？”

“你得暂时跟你的朋友们告别了。”妈妈说。“不过我相信你会和他们再见面的。还有，不要在妈妈说话的时候插嘴。”她又说道。尽管这个消息来得既突然又令人失落，但是依照家里的规矩，布鲁诺也不应当表现得不礼貌。

“跟他们告别？”他问道，同时一脸惊讶地看着妈妈。“跟——他们——告——别？”他结结巴巴地重复了一遍，好像他的嘴里塞满了刚刚嚼碎的饼干，还没有咽下去。“跟卡尔、丹尼尔、马丁告别？”他又说了一遍，那声音几乎是喊出来的，而在家里是不允许这样的。“可他们是我一生中最好的三个朋友！”

“你会认识其他朋友的。”妈妈一边说，一边用手在空中随意地挥舞了一下，好像对一个男孩来说，要结交三个好朋友是再容易不过的事情。

“可是我们一起制订了很多计划呢。”布鲁诺提出了抗议。

“计划？”妈妈问，她的眉毛扬了起来，“什么样的计划？”

“这可不能说。”布鲁诺说道。事实上，布鲁诺根本说不清楚是什么样的计划。他们的计划无非制造一些事端，尤其是几周之后，学校就要放暑假了，他们就能去实践这些计划。

“对不起，布鲁诺。”妈妈说，“你的计划只能暂时搁置了。我们别无选择。”

“可是，妈妈！”

“布鲁诺，够了。”此时妈妈的声音变得严厉，她还站了起来，这表明她真的生气了，“事实上，上周你还在抱怨这儿发生了很多变化。”

“我只是不喜欢现在每天晚上都要关上所有的灯。”布鲁诺说。

“每个人都必须这么做。”妈妈说，“这样才能保证我们的安全。不过谁知道呢，或许我们搬走以后会更安全一些。现在，我要你上楼去帮助玛丽亚将你的东西打包。我们没有足够的时间来准备，这可真得感谢某人。”

布鲁诺难过地点了点头，走开了。他知道“某人”是大人们用来指代“爸爸”的词，但他自己可不敢这么说。

他慢慢地走上楼梯，一只手握着扶手，心想爸爸新工作的地方、那个新家是不是也有这么好的楼梯扶手。这座房子的楼梯扶手从顶楼，就是那个他只要踮起脚、抓紧窗框就能看见整个柏林的小房间，一直延伸到了底楼，直通向两扇橡木大门。布鲁诺最喜欢顺着楼梯扶手从顶楼一直滑到楼下，滑的时候还会发出“呼呼”的声音。

顶楼下面那一层是爸爸妈妈的房间，那里有一个很大的卫生间，可是他们不许布鲁诺进去。

再下一层就是他自己的房间，以及格蕾特尔的房间，这层楼还有一个小卫生间，不过布鲁诺很少使用。

滑到底层的时候，他就会从楼梯扶手上飞落下来，要么平稳着地，要么由于动作失误被扣掉五分，然后他就会再来一次。

楼梯扶手是这座房子里最好的东西，而且，爷爷奶奶就住在这附近，想到这儿，布鲁诺不禁想知道爷爷奶奶是不是也要搬到爸爸的新工作地点，因为他们总不能丢下爷爷奶奶不管呀。没人需要格蕾特尔，因为她是个不可救药的孩子——或许把她留下来看守房子更好，至于爷爷奶奶就另当别论了。

布鲁诺慢慢地爬上楼梯，走向自己的房间，走进去之前，扭头看了看楼下，发现妈妈走进了爸爸的书房。那里正对着餐厅，是一个“绝对的禁区”。他听见妈妈在非常大声地说话，直到爸爸的声音盖过妈妈，他们的谈话才停止。接着书房的门关上了，布鲁诺再也听不见里面的声音。布鲁诺这时想到，他最好还是回到房间，自己打包行李，因为玛丽亚很可能会把衣柜里的所有东西胡乱地塞在一起，包括那些他藏在衣柜后面、不为人知的宝贝。

· 第二章 ·

新家

当布鲁诺第一眼看见他们的新家时，他瞪大了双眼，嘴巴又成了一个O形，他的两只胳膊也不由自主地伸展开了。眼前的一切似乎都和以前的家截然不同，他不敢相信全家人将要住在这里。

他们在柏林的家位于一条僻静的街道，街道两边有几座大房子，那些房子和他们家一样，看上去很漂亮，但又不完全相同。住在那些房子里的孩子有一些和布鲁诺是朋友，他们常在一起玩耍；另一些是坏孩子，布鲁诺则和他们保持距离。可是，眼前的这个新家周围空荡荡的，这就意味着附近没有其他家庭居住，也就没有其他孩子会和他一起玩，不仅仅交不到朋友，就连个坏孩子也碰不上。

柏林的家非常大，尽管已经在那里住了九年，布鲁诺还是能够时不时地发现一些自己未曾探寻过的地方，其中甚至有几个房间，例如爸爸的书房，他从来没有进去过。然而，眼前的这个新家只有三层：顶楼是三间卧室，但只有一个卫生间；底层是一间厨房、一间餐厅和爸爸的新书房（布鲁诺暗想：新书房一定和以前的书房一样被列为“绝对的禁区”了）；地下室则是用人们的居所。

柏林的家周围尽是街道和一些大房子。只要你走到市中心，就能看到人们悠闲地散着步，他们有时候还会驻足闲聊几句；也有一些人大步流星，一刻也不愿意停留，因为有一大堆事情等待着他们去做。那里还有很多敞亮的商店，果蔬摊前放满了卷心菜、胡萝卜、花椰菜和玉米。有些摊位上堆满了韭菜、蘑菇、芜菁和豆芽，有些则堆放着生菜、青豆、小胡瓜和萝卜。有时候布鲁诺喜欢站在这些货摊前，闭上眼睛，吸一吸这些蔬菜的香气，那种甜蜜和充满生机的气味交织在一起，总是让他沉醉不已。可是新家的周围没有任何街道，没有悠然漫步或是匆忙奔走的人群，也没有商店和果蔬摊。当他闭上眼睛，只能感受到空旷和阴冷，就好像站在世界上最孤独的地方，一片荒野之中。

柏林的街头随处可见桌椅，有时候他和卡尔、丹尼尔、马丁放学回家，会看见男男女女坐在那儿，他们喝着带泡沫的饮料，大声地说说笑笑。坐在那儿的人一定都很有趣，布鲁诺总是这么认为，因为不管他们说什么，总是会有人笑。但是这个新家让布鲁诺觉得死气沉沉，这里没有什么可以让人发笑，也没有什么让人感到高兴。

“我觉得搬到这儿来是一个坏主意。”在到达新家几小时后，布鲁诺说。这时候玛丽亚正在楼上，打开行李箱，把里面的东西一件件往外拿。（玛丽亚并不是新家唯一的女佣，这里还有三个骨瘦如柴的女佣，她们互相说话时总是轻声细语的。此外，还有一个老头每天为他们备菜，还在餐桌旁为他们服务，他看上去愁眉不展，甚至有一点点怨气。）

“我们不能奢望。”妈妈一边说，一边打开了一个盒子。盒子里装了一套玻璃杯，总共六十四只，这是她和爸爸结婚时，爷爷奶奶送给她的礼物。“某人已经为我们决定好了一切。”

布鲁诺不明白她这句话的意思，索性装作没听见。“我觉得这是一个坏主意。”他又说了一遍。“我想最好的选择就是忘掉这件事，现在立马原路返回。我们要‘引以为戒’。”这是他刚学会的一个成语，他打算尽可能多用。

妈妈微笑着，小心翼翼地把杯子放在桌子上。“我要告诉你另一个成语，”她说，“叫作‘随遇而安’。”

“我可不这么想。”布鲁诺说，“我想你应该告诉爸爸你改主意了。要是今天剩余的时间我们不得不待在这儿，留在这儿吃晚餐，晚上睡在这儿，也都不要紧，因为我们太累了。但是明天一早我们就该起床，这样我们就可以在下午茶的时间返回柏林了。”

妈妈叹了口气。“布鲁诺，你为什么不上楼帮玛丽亚把东西都拿出来呢？”她问道。

“可是并不需要把东西都拿出来啊，假如我们明天就返回……”

“布鲁诺，照我说的去做！”妈妈打断了布鲁诺。很显然，她可以打断布鲁诺，但是布鲁诺绝不能打断她。“我们已经到了这里，在可预见的未来，这里就是我们的家，我们只能随遇而安，你明白我说的了吗？”

布鲁诺不明白什么是“可预见的未来”，于是他询问妈妈这句话的意思。

“意思就是现在我们就要住在这里了，布鲁诺。”妈妈说，“别再多说什么了。”

布鲁诺觉得自己的胃里一阵翻腾。他感到体内有某种东西正在滋生，这种不可名状的东西从他身体的最深处往外扩张，他想大声喊出来，这整件事情都是错的、不公平的，总有一天会有人为此付出代价的。他还想大哭一场。他不明白眼前的这一切为什么会发生。过去的一切都让他感到非常满意，他可以在家里玩，有三个一生中最好的朋友，还可以顺着楼梯扶手往下滑，踮起脚眺望整个柏林，现在他却被困在这座阴冷、破旧的房子里，面对着三个说话轻声细语的女佣，还有那个愁苦中透着怨气的侍者，这里没有一个人看上去会变得高兴。

"布鲁诺，我希望你上楼去收拾东西，现在就去。"妈妈用一种并不友好的语气说道。他知道妈妈是认真的，于是转过身，一言不发地走开了。他感觉到自己的眼泪就要夺眶而出了，但是他决定不让眼泪落下来。

他走上楼去，慢慢地转了一圈，希望能够发现一扇小门或者一个小洞，可以进行一次有趣的探险，但是他没有收获。这层楼只有四扇门，每边两扇，正对着。一扇门通向他自己的房间，一扇门通向格蕾特尔的房间，一扇门通向爸爸妈妈的房间，还有一扇门通向卫生间。

"这不是我的家，永远不是。"他小声嘟哝着走进房间，发现自己的衣服全都散落在床上，装着玩具和书的箱子还没有被打开。显然玛丽亚做事没有分清主次。

“妈妈让我来帮忙。”布鲁诺平静地说。玛丽亚点了点头，指向一个大包，那里面装着他的袜子、背心和短裤。

“你可以把它们归好类，然后放进那个柜子的抽屉里。”她说着，指了指房间里的一个很不起眼的柜子，柜子旁边是一面落满灰尘的镜子。

布鲁诺叹了口气，打开行李包，里面满是他的内衣，现在他只想钻进包里，并希望再爬出来的时候，发现梦醒了，他又回到了原来那个家里。

“你觉得这里的一切怎么样，玛丽亚?”沉默了很长一段时间后，他问道。他一直很喜欢玛丽亚，把她当作家庭的一员，尽管他爸爸说她只是一个女佣，而且薪水太高了。

“哪里?”玛丽亚问。

“这里。”他觉得自己的话已经说得非常清楚了，“来到这样一个地方，你不觉得我们犯了个天大的错误吗?”

“这话可不是我能说的，布鲁诺少爷。”玛丽亚说，“你母亲应该已经向你解释过你父亲的工作了——”

“哦，我已经厌烦听到他的工作了。”布鲁诺打断了她，“总是这些话题，都离不开爸爸的工作，要是爸爸的工作意味着我们必须离开家，离开可以滑行的楼梯扶手，还有三个一生中最好的朋友，那么我觉得爸爸应该重新考虑他的工作，不是吗？”

这时，外面传来“嘎吱”一声，布鲁诺抬头看见爸爸妈妈房间的门微微打开了。他吓了一跳，一时间动都不敢动。妈妈还在楼下，这就表示爸爸在那儿，他或许听到了布鲁诺刚刚说的一切。布鲁诺盯着那扇门，几乎要窒息了。他担心爸爸会走出来，把他带到楼下，狠狠地训斥一番。

门又打开了一点，出现了一个人影，不过那并不是爸爸。是一个比他爸爸年轻许多的男人，也没有爸爸那么高，但是他和爸爸穿着同样的军装。他看起来非常严肃，帽子紧紧地扣在他的头上。从他的鬓角来看，他的头发是金黄色的，不过那颜色有些不太自然。他手里拿着一个盒子，正向楼梯那边走去。当他发现布鲁诺看着他时，他停了下来，把布鲁诺上下打量了一番，好像他从未看见过小孩一样，不知道该怎么对待布鲁诺——是吓唬吓唬，还是当作没看见，或者干脆一脚把布鲁诺踢下楼梯去。幸好，他只是快速地冲布鲁诺点了点头，接着就走了。

“他是谁？”布鲁诺问。这个年轻人看上去非常严肃、忙碌，因此布鲁诺觉得他是一个很重要的人物。

“我猜他是你父亲的一个士兵。”玛丽亚说。当那个年轻人出现的时候，她站直了身体，像祷告一样把双手放在胸前。不过她还是注视着地板，不敢看他的眼睛，好像担心直视他会让自己变成石头。当他走后，玛丽亚才如释重负。“我们很快就会认识他们的。”

“我觉得我不喜欢他。”布鲁诺说，“他太严肃了。”

“你父亲也很严肃。”玛丽亚说。

“是的，可他是父亲。”布鲁诺解释说，“父亲就应该严肃，不管他是蔬菜店老板、老师、厨师，还是司令官。”他列举了自己知道的一个父亲会从事的所有体面的、值得尊敬的职业，这些他都已经想过上千次了，“我不认为刚才那个人是一位父亲，尽管他确实非常严肃。”

“他们都有一份非常严肃的职业，”玛丽亚叹了口气，“或者说他们都是这么想的。不过如果我是你，我会离这些军人远远的。”

“我完全同意你说的。”布鲁诺悲伤地说，“除了格蕾特尔，我想不出还有谁能和我一起玩，可那有什么意思呢？她是个不可救药的孩子。”

他觉得自己又要哭了，不过他还是忍住了，他不想让玛丽亚觉得自己像个小宝宝一样。他看了看房间四周，可眼睛并未完全离开地面，他正试图寻找一些有趣的东西。但什么都没有，或者说他还没有发现。接着，有一样东西吸引了他的注意，正对着门的那一角的天花板上有一扇窗户，一直延伸到墙面，有点像柏林的家顶楼的那扇窗，只是没有那么高。布鲁诺看着那扇窗，心想自己是不是不用踮起脚就能看见窗外的一切。

他慢慢地走向那扇窗，希望可以看见在柏林看见的一切：周围的街道，坐在桌边喝着泡沫饮料、讲着有趣故事的人们……他脚步非常慢，因为他不想失望。可毕竟这是一个小男孩的房间，他很快就走到了那扇窗前。他把脸贴着窗户玻璃，望向了窗外。他的眼睛又瞪了起来，嘴巴变成了O形，不过这一次他的双手紧贴着身体两侧，因为眼前的景象让他感觉到了一丝寒意，还有不安。

· 第三章 ·

不可救药的孩子

布鲁诺确信，把格蕾特尔留在柏林看房子会更好，因为她什么用也没有，只会带来麻烦。事实上，布鲁诺在许多场合都听人说过她“生来就只会惹麻烦”。

格蕾特尔比布鲁诺大三岁，自打布鲁诺记事开始，格蕾特尔就一再向布鲁诺申明：这个世界上的事情，尤其是他们俩之间的事情，都由她说了算。布鲁诺不愿意承认自己其实有点害怕格蕾特尔，可是如果他能够诚实地面对自己（他一直都在努力这么做），他就不得不承认这一点。

就像所有当姐姐的一样，格蕾特尔身上有一些坏毛病。比如说早晨她会霸占卫生间很长时间，根本不管布鲁诺在外面急得团团转，最后布鲁诺只能绝望地离开。

她房间的置物架上放着各式各样的洋娃娃，当布鲁诺走进她的房间时，就会被这些洋娃娃包围，他的一举一动都会受到洋娃娃们的监视。布鲁诺相信，如果他趁着格蕾特尔不在，偷偷溜进她的房间探险，等她回来后，这些洋娃娃一定会把他做的一切向格蕾特尔报告。格蕾特尔还有几个令人讨厌的朋友，她们就爱捉弄布鲁诺，如果换作布鲁诺比她们大上三岁，他绝不会这么做。格蕾特尔的每一个朋友都喜欢趁妈妈和玛丽亚不在的时候捉弄他、吓唬他。

“布鲁诺没有九岁，他才六岁。”一个长得像大怪物的女孩总是抑扬顿挫地这样说，她还喜欢绕着布鲁诺手舞足蹈，用手戳他的肋骨。

“我不是六岁，我九岁了。”布鲁诺抗议着，想要离开。

“那你为什么这么矮?”“大怪物”问，“所有九岁的孩子都比你高。”

这是事实，正说到了布鲁诺的痛处。他比班里的其他男孩都要矮，这件事一直让他很失落。事实上他的个头只到其他人的肩膀。每当他和卡尔、丹尼尔、马丁一起走在街上时，人们总是误以为他是他们其中一个人的弟弟，而事实上他的年龄在他们当中排第二。

“所以说你肯定只有六岁。”“大怪物”坚持这么说。这时候布鲁诺就会跑到一边，做伸展运动，希望明天早晨醒来时自己已经长高了一两英尺[①]。

所以说，离开柏林实际上也有一个好处，那就是布鲁诺再也不会受她们欺负了。也许他不得不在这个新家待上一段时间，甚至一个月那么久，但是当他回家时就已经长高了，她们再也不能捉弄他了。这么一想，他的心里好受多了，或许这就是妈妈说的“随遇而安”吧。

他没有敲门，就一头跑进了格蕾特尔的房间，看见她正在把各式各样的洋娃娃往一排排置物架上放。

“你来这儿做什么？”格蕾特尔大声说道，边说身体还边转着圈，“进女士的房间得先敲门，你知道吗？”

“你该不会把所有的洋娃娃都带过来了吧？”布鲁诺问，他已经习惯了忽略姐姐的提问，只顾自己说。

“那是当然。”格蕾特尔回答，“你不会以为我把它们都留在家里了吧？那怎么行？我们可能要过好几周才能回去呢。”

“几周？”布鲁诺的语气中似乎带着失望，不过暗地里还是很高兴的，因为他本以为自己要在这里待上一个月，“你真是这么认为的吗？”

---

① 1 英尺约合 0.3 米。

“嗯，我问过爸爸了，他说在可预见的未来，我们都会留在这里。”

“‘可预见的未来’究竟是什么意思？”布鲁诺说着，在她的床边坐了下来。

“就是从现在开始，好几周。”格蕾特尔说，她还故作聪明地点了点头，“也许得三周吧。”

“那就好。”布鲁诺说，“只要熬过‘可预见的未来’就行了，不用待上一个月。我讨厌这里。”

格蕾特尔看着自己的弟弟，发现他们的意见第一次达成了一致。“我知道你什么意思。”她说，“这里看上去不怎么样，是吧？”

“简直糟糕透了。”布鲁诺说。

“嗯，是的。”格蕾特尔表示同意，“现在确实糟糕透了。不过如果把这房子适当地装饰一下，或许看起来就不会这么糟糕了。之前住在‘赶出去’① 的人很快就丢了工

① 奥斯威辛（Auschwitz）集中营是纳粹德国在第二次世界大战期间修建的最大的一座集中营，有数百万人在此惨遭德国法西斯杀害，因而被称为“死亡工厂”。该集中营距波兰首都华沙300多公里，是波兰南部奥斯威辛市附近几十座集中营的总称。本文中，格蕾特尔和布鲁诺误将“Auschwitz”听成了“Out-With”（赶出去）。

作，所以都来不及好好装饰一下这座房子。”

“‘赶出去’？”布鲁诺问，“‘赶出去’是什么东西？”

“‘赶出去’不是什么东西，布鲁诺。”格蕾特尔叹了口气说，“‘赶出去’就是赶出去。”

“好吧，那‘赶出去’是什么意思呢？”他又问，“什么是‘赶出去’？”

“是这座房子的名字。”格蕾特尔解释道，“这里叫‘赶出去’。”

布鲁诺想了想。他在外面没有看见这座房子的名牌，房子的前门上也没有字。他们在柏林的房子也没有名字，那座房子只是叫“4 号”。

“但这是什么意思呢？”他有些不耐烦地问道，“什么被‘赶出去’了？”

“我猜是在我们来之前，住在这里的人被‘赶出去’了。”格蕾特尔说，“一定是之前住在这里的人工作得不够好，于是有人说把他‘赶出去’，让能够做好这项工作的人住进来。”

“你指的是爸爸？”

“当然。”格蕾特尔说，她总是喜欢说起爸爸，好像爸爸从来都不会犯错，也不会发火一样。在她睡觉之前，爸爸总是过来亲她，跟她说“晚安”。老实说，如果不是为搬家这件事而感到难过，布鲁诺也会承认爸爸对自己还是挺好的。

“所以我们来到了‘赶出去’，是因为有人把之前住在这里的人赶出去了？”

“说得对，布鲁诺。”格蕾特尔说，“现在请你从我的床罩上下来，你把它弄乱了。”

布鲁诺从床上跳了下来，“砰”的一声，双脚踩在地毯上。他不喜欢自己落地时发出的声音。这声音听起来很空洞，于是他立刻做了决定，以后不要在屋子里跳来跳去，否则这座房子很有可能塌掉。

“我不喜欢这儿。”这句话他说了上百次。

“我知道你不喜欢。”格蕾特尔说，“可是我们没有办法，不是吗？”

“我想卡尔、丹尼尔，还有马丁了。”布鲁诺说。

“我也想希尔达、伊索贝尔和路易丝。”格蕾特尔说。布鲁诺努力回想着这三个女孩中谁是那个“大怪物”。

“我觉得这里的小孩看起来一点都不友好。”布鲁诺说。格蕾特尔正要把一个看起来非常吓人的洋娃娃放在架子上，听到这句话，她立刻停了下来，转身盯着布鲁诺。

“你刚才说什么？”她问。

“我说我觉得这里的小孩看起来一点都不友好。”布鲁诺又说了一遍。

“这里还有其他小孩？”格蕾特尔问，她的声音听上去充满了困惑，“什么小孩？我没看见其他小孩呀。”

布鲁诺环顾了格蕾特尔的房间。这里也有一扇窗户，不过由于这个房间在过道的另一侧，和他的房间正对着，从这扇窗户只能看到相反的方向。为了不表现得太明显，他装作漫不经心地向窗户边走去。他把手插在短裤口袋里，用口哨吹起了一段他熟悉的旋律，故意不看姐姐。

“布鲁诺？”格蕾特尔问道，“你到底在干什么？你疯了吗？”

布鲁诺继续吹着口哨、迈着步子，他还是不看格蕾特尔，一直走到窗户边。他的运气不错，这扇窗户很低，他刚好可以看见外面。他望向窗外，看见了他们来这儿的时候坐的那辆车，旁边还有三四辆车是爸爸的士兵开的，他们这会儿正站在一旁，边抽烟，边说笑着，偶尔也会紧张地朝房子这边看上一两眼。除此之外，从这扇窗户还能看见一条马路，以及远处的一片森林，那里看起来似乎很适合探险。

“布鲁诺，你能给我解释一下你刚才说的那句话是什么意思吗？”格蕾特尔问。

“那里有一片森林。”布鲁诺只顾自己说，完全不理会格蕾特尔的问题。

“布鲁诺！”格蕾特尔有些恼火，她飞快地朝布鲁诺跑过来，吓得布鲁诺向后一跳，脊背紧贴着墙壁。

“怎么了？”他假装不知道格蕾特尔在说什么。

“其他小孩，”格蕾特尔说，“你说他们一点都不友好。”

“他们只是看起来不友好。”布鲁诺说，他不希望在还没有见面的情况下，仅仅根据外表判断别人，妈妈已经一再向他强调过这一点。

“可那些小孩是什么人？”格蕾特尔又问，“他们在哪儿？”

布鲁诺笑着走出房门，他还示意格蕾特尔跟着他。格蕾特尔放下手里的洋娃娃，正要跟布鲁诺走，不过她突然改变了主意。她拿起那个洋娃娃，将其紧紧地抱在胸前，走向布鲁诺的房间。进门时，玛丽亚刚好从房间里飞奔出来，她的手上好像还拎着一只死耗子，格蕾特尔差点被她撞倒。

“他们就在那边。”布鲁诺说，他走到自己房间的窗户前，看向外面。他只顾看外面那些小孩，根本没有回头看格蕾特尔有没有进来。不一会儿，他几乎忘了格蕾特尔的存在。

格蕾特尔离窗口还有几步远，她也非常想亲自看看。可是布鲁诺说话的口气，还有他看向窗外的眼神，突然让她感到有些害怕。布鲁诺从来都骗不了她，所以现在她确定布鲁诺不是在装腔作势。现在布鲁诺站在窗户前的样子，使她有些迟疑，她不知道要不要去看那些小孩。她倒吸了一口气，默默地祈祷"可预见的未来"能够快点到来，好让他们回到柏林，她不希望像布鲁诺说的那样，等上一个月。

"怎么了？"布鲁诺转过身来，看见姐姐站在门口，抱着洋娃娃，两条金色的辫子对称地落在肩膀上，他只要一伸手就可以拽住，"你不想看看他们吗？"

"当然要看！"她嘴上这么说，迈向布鲁诺的脚步却有些犹豫。"你站到一边去。"她说着，用胳膊肘把布鲁诺挤开了。

这是他们搬到"赶出去"的第一个下午，天气十分晴朗。当格蕾特尔看向窗外的时候，太阳刚好穿过了云层。过了一会儿，格蕾特尔适应了外面的光线，太阳又被云层遮住了，这时，她看见了布鲁诺说的那些孩子。

· 第四章 ·

窗外的世界

首先，他们并不是小孩，至少不都是小孩。他们当中有小男孩、大男孩，另一些人看年纪可能是爸爸、爷爷，也许还有叔叔，还有一些人孤零零的，似乎没有亲人。总之，什么样的人都有。

“这些是什么人?”格蕾特尔问。她嘴巴张得大大的，就像这几天布鲁诺表现的那样。“这究竟是什么地方?”

“我不知道。”布鲁诺如实说道，“不过这里不如我们家好，这一点我很确定。”

“怎么没有女孩?”她问道，“还有他们的妈妈、奶奶呢?”

“她们可能住在另一个地方吧。”布鲁诺回答。

格蕾特尔同意这个观点。她不想再继续盯着外面，却无法将自己的视线移开。她从自己房间的窗户向外看去，看到的是一片森林，那儿看上去有点阴暗。不过如果森林里有一片空地，倒非常适合野餐。可是，从这边的窗户向外看去，完全是另一番景象。

近处的风景还是挺美的，布鲁诺房间窗户的正下方有一个花园。花园很大，开满了花，看上去很整齐，似乎有人打理，他们知道在这里种花是最好的选择。这就像是冬夜薄雾弥漫的荒野上，一座大城堡的角落里点燃的一根蜡烛。

花丛中有一条漂亮的小路，路边放着一张长木椅，格蕾特尔想象着在阳光下看书的场景。长椅顶部挂着一块牌子，但是距离太远了，她看不清楚上面写了什么。长椅正对着房子，这种情况并不多见，不过此时，格蕾特尔已经知道这是为什么了。

就在距离花园和长椅大约二十英尺远的地方，一切又截然不同了。一道长长的铁丝网将这座房子与远处隔开。铁丝网向两边无限延伸，几乎看不到尽头。铁丝网高高的，比他们住的房子还要高，每隔一段距离，就有一根像电线杆一样的木柱子，用来支撑铁丝网。铁丝网的顶部缠绕着螺旋状的铁丝，形成无数个带刺的铁丝球。望着眼前的景象，格蕾特尔感觉不寒而栗。

铁丝网的另一边没有草地，确切地说，在目所能及的地方见不到任何绿色植物。那边就像是一片沙漠，她只看到那里有几座矮矮的小木屋，还有散落在四周的高大的长方形建筑物，远处还立着一两根烟囱。她张开嘴巴想要说些什么，却意识到无法用任何言语表达自己的震惊，于是她默默地闭上了嘴巴。

“你看到了吗？”布鲁诺在房间的角落里问道。他看上去非常高兴，因为不管那是什么地方，不管那些是什么人，都是他最先发现的，而且他随时都能看见，因为那些景象就在他的房间外面，而不是在格蕾特尔的窗外。那些景象都属于他，仿佛布鲁诺是那里的国王，而格蕾特尔只是他卑微的臣民。

“我不明白，”格蕾特尔说道，“是什么人建造了一个这么难看的地方。”

“嗯，的确很难看。”布鲁诺表示同意，“我觉得那些小木屋只有一层，你看，那些小木屋真矮啊。”

“一定是现代风格的建筑，”格蕾特尔说道，“爸爸讨厌现代风格的东西。”

“那爸爸肯定不怎么喜欢那些房子。”布鲁诺说。

“没错。”格蕾特尔说。她站在那儿看了很久。她今年十二岁，被公认为班上最聪明的女孩之一，所以她紧咬嘴唇、眯着眼睛，试图弄明白眼前这一切是怎么回事。然而，她所能想到的答案只有一个。

“这里一定是农村。”格蕾特尔说着，得意扬扬地转身看着弟弟。

“农村？”

“对，这是唯一的解释。你难道看不出来吗？我们柏林的家是在城市，所以那里有很多的人、很多的房子，学校里也有很多人。如果在周六的下午去市中心，你只能在人群里挤来挤去。”

“是哦……”布鲁诺说着，点了点头，他努力想跟上姐姐的思维。

“但是我们在地理课上学过，农村到处都是农民和动物，地里种满了粮食，他们就住在这么大的地方，为我们提供粮食。”她再次看向窗外空旷的场地及小木屋之间的空地。“一定是的，这里就是农村。我们可能是来这里度假的。”她又满怀希望地说道。

布鲁诺思考了一会儿，摇了摇头。“我觉得不是。”他的语气非常肯定。

“你才九岁，”格蕾特尔反驳道，“你怎么可能明白？等你到了我这么大，你就会知道的。”

“也许吧。”布鲁诺说。虽然他年纪更小，但是他不认为这会让他更容易犯错。“可是如果这里是农村，你说的那些动物去哪儿了？”

格蕾特尔张开嘴巴想要回答，可是想不出合适的答案，于是她再次看向窗外，努力搜寻着，却什么都没看到。

“如果这里是农场，就应该有牛、猪，还有羊和马，”布鲁诺说，“更不用说鸡和鸭了。”

“可什么都没有。”格蕾特尔同意他的说法。

“如果他们在这里种粮食，像你刚刚说的，”布鲁诺继续说道，语气中带有一丝得意，“那我想这里应该好看得多，对吧？我不觉得在这么脏的地方可以种出粮食来。”

格蕾特尔再次看着窗外，点了点头，因为她还不至于愚蠢到在证据明显不足的情况下固执己见。

“这里可能确实不是农场。”她说。

“不是农场。”布鲁诺说。

“也就是说，这里也不是农村。”她说。

“对，不是农村。”布鲁诺回应道。

“也就是说，我们来这里也不是度假的。”她总结道。

“我觉得不是。”布鲁诺说。

布鲁诺坐到床上，此时他希望格蕾特尔可以坐在他的身边，抱着他，告诉他一切都会好起来的，告诉他迟早他们会喜欢上这里，到时候他们就不会想回到柏林了。可格蕾特尔仍然望着窗外，不过她并没有看那些鲜花、小路，还有挂着牌子的长椅；也没有看高高的铁丝网、木柱子、铁丝球、硬邦邦的地面、矮矮的小木屋及远处的烟囱。她看的是那群人。

“他们是什么人？”她小声问道，似乎不是问布鲁诺，而是在向别人寻求答案，“他们在那儿干什么？”

布鲁诺站起身来，随后他们俩第一次肩并肩地站在了一起，望着离他们的新家不到五十英尺的地方。

到处都是人，有高有矮、有老有少，所有人都走来走去。有些人整齐地站成几排，双手紧贴身体两侧，昂首挺胸。他们面前站着一个士兵，士兵的嘴快速地一张一合，似乎正冲他们大喊大叫。有些人排成了一列，推着独轮车，从营地的一边走向另一边，最后消失在小木屋的后面。有些人静静地站在小木屋附近，低头盯着地面，似乎在玩一种不愿意被点到名字的游戏。也有一些人拄着拐杖，额头上缠着绷带。还有几个人拿着铁锹，被一群士兵带到某个地方，最后消失不见了。

布鲁诺和格蕾特尔看到了好几百人，不过远处还有很多小木屋，营地也延伸到看不到尽头的地方，所以那里至少有几千人。

“他们住得离我们好近呀。”格蕾特尔皱着眉头说，“在柏林，我们住的那条美丽、安静的街道上，总共只有六栋房子，可这里有这么多房子。爸爸的新工作为什么会在这么肮脏的地方呢，而且还有这么多邻居？真是不明白。”

“你看那儿。”布鲁诺说。格蕾特尔顺着他手指的方向望去，远处一座小木屋附近出现了一群小孩，他们挤在一起，有一群士兵对着他们大声喊叫，士兵们的喊叫声让那群小孩靠得更近了。接着，一名士兵朝他们冲过去，然后他们就分散开了，孩子们似乎是按照士兵的命令站成了一排。看到他们这样，士兵们开始放声大笑，还鼓起了掌。

“这一定是在搞什么演习。”格蕾特尔猜测，不过她忽视了一个事实，有一些小孩好像在哭，甚至有几个和她年龄相仿的也不例外。

“我告诉过你这儿有小孩。”布鲁诺说。

“可我不想跟他们一起玩。”格蕾特尔语气坚决地说，“他们看上去脏兮兮的，希尔达、伊索贝尔和路易丝每天早

上都会洗澡，我也是。那些小孩看上去好像从来没洗过澡。”

“他们看上去确实很脏，”布鲁诺说，“可能他们没有浴室吧。”

“别傻了，”格蕾特尔说，尽管她无数次被告诫不能说自己的弟弟傻，“什么样的人会没有浴室呢？”

“我不知道。”布鲁诺说，“或许他们没有热水？”

格蕾特尔对着窗外又看了一会儿，接着转身离开，她的身体还略微有些颤抖。“我要回房间整理我的洋娃娃了，”她说，“它们比那些人好看多了。”

说完她就走了，穿过走廊，回到自己的房间，还关上了门。她并没有整理那些洋娃娃，而是坐在自己的床上，脑海中浮现出许多画面。

然而此时，布鲁诺仍然注视着远处那一大群人，那些小男孩和那些大人，那些似乎没有亲人、孤零零的人，他们各忙各的。最终，他有了一个发现：那些人都穿着同样的衣服——一身灰色条纹衣服和一顶条纹帽子。

“真奇怪。”他嘟哝了这么一句，转身离开了。

· 第五章 ·

“绝对的禁区”

现在只能去问问爸爸了。

爸爸不是那天早晨和他们一起坐车离开柏林的。他几天前就离开了，就是布鲁诺回家看到玛丽亚在整理自己的东西——包括那些被藏在衣柜后面、不为人知的东西——的那天晚上。接下来的几天里，妈妈、格蕾特尔、玛丽亚、库克、拉尔斯、布鲁诺整天忙着把他们的东西打包，放到开往新家的大卡车上。

到了最后一天的早晨，整个房子已经空空荡荡，一点都不像他们的家了。当他们把最后一点东西放进行李箱时，一辆车头插着红黑色旗子的公务车已经停在了门口，等着带他们离开。

妈妈、玛丽亚、布鲁诺是最后离开房子的人。布鲁诺确信，妈妈当时根本没有意识到玛丽亚也站在屋里。他们环顾了空荡荡的大厅，在那里他们曾经度过了许多美好的时光。每到十二月份，这里就会有一棵圣诞树；冬天的时候，会有一个架子，用来搁置湿漉漉的雨伞；还有一个角落，是给布鲁诺进门后放置他脏兮兮的鞋子的，不过他从来没遵守过这条规矩。妈妈摇了摇头，说了几句奇怪的话。

“我们不该让‘圆叟’来家里吃饭的。”她说道，“那些人的计谋就这么得逞了。”

说完，她转过身来，布鲁诺看见她眼中含着泪水。不过，当妈妈发现玛丽亚正站在那儿看着自己时，她吓了一跳。

“玛丽亚，”她惊讶地说，“我以为你在车里。”

“我正要离开，夫人。”玛丽亚说。

“我的意思不是——”她摇了摇头，继续解释道，“我不是要——”

“我正要离开，夫人。”玛丽亚重复了一遍，她一定不知道在妈妈说话时旁人是不能插嘴的。接着她快速地迈出大门，跑进了车里。

妈妈先是皱了皱眉，接着又耸了耸肩，似乎一切都变得不再重要了。“走吧，布鲁诺。”她说着，拉起布鲁诺的手，锁上了门，“希望一切结束之后，我们可以重新回到这里。”

车头插着旗子的公务车载着他们来到了火车站。这里的月台很宽，将两侧的铁轨分隔开来，两条铁轨上各停着一列火车，等待着即将启程的人们。月台的另一边有许多士兵正在巡逻，中间还有一长排小房子，铁路信号员平时就待在那里。布鲁诺盯着人群看了一小会儿，就和家人登上了一列非常舒适的火车，车上人很少，有很多空位子，车窗被打开后，新鲜的空气就涌进了车厢。布鲁诺想，假如两列火车各自往不同的方向开，那没什么好奇怪的。可事实上并不是这样，它们都开往东面。有一瞬间，他曾想跑到月台上，告诉那些人他们车厢里还有很多空位。但是他想想还是算了，因为即使这不会令妈妈生气，也很可能会让格蕾特尔大发雷霆，那样更糟糕。

到达“赶出去”的新家以后，布鲁诺还没看见过他的爸爸。之前门“嘎吱”一声打开时，他原以为是爸爸在卧室里，可是从里面走出来的竟然是那位不友好的年轻士兵，他死死地盯着布鲁诺看，眼神里没有一丝温暖。布鲁诺一直没有听到爸爸洪亮的说话声，也没有听到爸爸的靴子踩着楼下的地板发出的低沉声音。然而，家里的确一直有人进进出出。正在犹豫该如何是好的时候，他听到楼下传来一阵骚动，于是他走向过道，往楼下望去。

他看到爸爸书房的门敞开着，门外站着五个人，他们一边说笑，一边握手。爸爸站在他们中间，军装笔挺，神情威严。他的头发又浓又黑，显然刚刚染过，而且梳得整整齐齐。布鲁诺在楼上看着爸爸，对他敬畏有加。他不喜欢其他人的样子，他们明显没有爸爸那么帅气。他们的军装也没有那么笔挺，声音也没有那么洪亮，靴子也没有擦得很亮。他们都把帽子夹在胳膊底下，似乎在争相吸引爸爸的注意。布鲁诺只能断断续续地听见楼下传来的一些对话。

“……他一来到这里就犯了错误，所以‘圆叟’别无选择，只能……”其中一个人说。

“……纪律！”另一个人说，“还有效率。从一九四二年开始我们就缺乏效率，而且没有……”

“……很明显，这些数字的意义是什么很明显。很明显，司令官……”第三个人说。

“……而且如果我们建立了另一个，”最后一个人说，“可以想象，那时候我们可以做的事情……想象一下……”

爸爸把一只手举到空中，所有人立刻安静下来。爸爸就像是四重奏的指挥。

“先生们。”他说。现在，布鲁诺可以听清楚每一个字了，因为没有任何人可以像爸爸一样，让房间里的所有人都能听清他的声音。“非常感谢你们提出的建议和鼓励，但过去已经成为历史，现在我们面临的是一个全新的起点，就从明天开始吧。现在，我要帮助我的家人安顿下来，否则我就会像外面那些人一样有很多麻烦，你们明白吗？”

这些人放声大笑，一一同爸爸握手。他们离开时，像玩具士兵一样站成一排，手臂挥往同一个方向，就像爸爸教布鲁诺敬礼那样，手掌伸平，从胸口移向前方的空中，嘴里喊出同一句话。布鲁诺曾被教导，不管什么时候，只要有人对他说这句话，他就必须跟着说。接着他们离开了，爸爸回到自己的书房，就是那个“绝对的禁区”。

布鲁诺慢慢走下楼，在门外犹豫了片刻。他觉得有点伤心，因为他在那里站了很久，爸爸也没有过来向他问好。周围的人不止一次跟他解释过，爸爸工作很繁忙，不应该被问好这类琐事干扰。不过既然士兵们已经离开，他认为现在可以敲爸爸的门了。

在柏林的时候，爸爸的书房他只进去过几次，而且通常都是因为他太淘气，爸爸需要跟他进行一场严肃的对话，才会把他叫到书房。然而，在柏林时，书房的规矩，是他所学到的最重要的规矩之一，他不至于愚蠢地认为，这个规矩在“赶出去”就不适用了。不过，他们已经很多天没有见面了，布鲁诺认为，如果他现在敲门，爸爸不会介意的。

于是他轻轻地敲了一下门，接着又轻轻地敲了第二下。

也许是爸爸没有听见，也许是布鲁诺敲得不够用力，没有人来开门。于是布鲁诺又敲了一次，他这次敲得更用力了一些。接着，他听见里面传来洪亮的声音：“进来！”

布鲁诺拧开门把手，走了进去，又做出了他标志性的动作——瞪大眼睛，嘴巴变成O形，手臂伸向两侧。这座房子的其他地方都有些阴暗，似乎不太适合探险，但这个房间完全不一样。这里的天花板非常高，脚下的地毯柔软到令布鲁诺觉得自己快要陷进去了。这里几乎看不到墙壁，因为四周全都被红木书架遮住了。书架上摆满了书，就像柏林家里的书房一样。他正对面的墙壁上有几扇巨大的窗户，从那里可以看到外面的花园，所以窗口那边是整个书房里最好的位置。爸爸就坐在正中央的一张巨大的橡木书桌前，当布鲁诺进来时，他的视线离开了手上的文件。他抬起头来看见布鲁诺，露出了非常灿烂的笑容。

“布鲁诺。”他说着，从书桌后面走出来，紧紧地握住儿子的手。爸爸不会轻易拥抱别人，这一点和妈妈或是奶奶都不一样，她们给予别人的太多了，甚至包括湿漉漉的亲吻。“我的儿子。”过了一会儿，他又说。

“爸爸，你好。”布鲁诺轻声地说，他被这个奢华的房间吓到了。

“布鲁诺，我原本打算过一会儿就去看你的，我发誓。”爸爸说，“只不过我有个会要开，还有一封信要写。你们一路上还顺利吗？”

“是的，爸爸。”布鲁诺说。

“你帮妈妈和姐姐收拾屋子了吗？”

“是的，爸爸。”布鲁诺说。

“我真为你骄傲。”爸爸赞许道，“坐下吧，孩子。”

爸爸指了指正对着书桌的一把很宽的扶手椅，布鲁诺爬了上去，他的脚无法接触到地面。他的爸爸回到书桌后面的座位上，盯着他看了一会儿，然后才和他说话。

“那么，”爸爸问，“你觉得怎么样？”

“我觉得怎么样？”布鲁诺问，“你指的是什么？”

“你的新家，你喜欢吗？”

“不喜欢。”布鲁诺毫不犹豫地回答，因为他一直是个诚实的孩子，他很清楚自己一旦稍有犹豫，就会没有勇气说出真实的想法。“我认为我们应该回家。”他又鼓足勇气说道。

爸爸的笑容收敛了一些，然后看向手头的信件，过了一会儿，再次抬起头，似乎是在仔细考虑怎么回答。“布鲁诺，这里就是我们的家。”他最终用温柔的语气说道，“‘赶出去’就是我们的新家。”

“那我们什么时候可以回柏林？”听到爸爸的话，布鲁诺的心一沉，“柏林的家比这儿好多了。”

“嘿，嘿。”爸爸有些不耐烦了，“别再纠结这个问题了。家不是一座房子、一条街道、一座城市，也不是砖头和水泥那些毫无意义的东西。家是我们一家人生活在一起的地方，不是吗？”

“是的，可是——”

“我们一家人就在这里生活，布鲁诺。Ergo[①]，‘赶出去’就是我们的家。”

布鲁诺不明白“Ergo”是什么意思，不过他也不需要

① 布鲁诺的爸爸用了一个不常用的拉丁语单词，意为“所以”。

明白，因为他想到了一个更有说服力的答案。“可是爷爷奶奶都在柏林呀，”他说，“他们也是我们的家人，所以这里不是我们的家。”

爸爸想了想，点点头，过了很久才回答：“是的，布鲁诺，他们是我们的家人。但是你、我、妈妈、格蕾特尔是我们家里最重要的人，我们现在住在一起，住在‘赶出去’。所以不要再这么闷闷不乐了！你只是还没有习惯，你或许会喜欢上这里的。”

“我不喜欢这里。”布鲁诺十分坚持自己的观点。

“布鲁诺……”爸爸开始有点恼火了。

“这里没有卡尔，没有丹尼尔，没有马丁，周围也没有其他的房子，没有果蔬摊，没有街道，没有门口放着桌子的咖啡馆，周六下午也没有拥挤的人群。”

“布鲁诺，有时候对于生命中的一些事情我们无法选择。”爸爸说。布鲁诺看得出来爸爸已经开始对这次谈话感到厌倦。“恐怕这就是我们无法选择的事情之一。这是我的工作，很重要的工作，对于我们的国家很重要，对于‘圆叟’很重要。你总有一天会明白的。”

“我想回家。”布鲁诺说。他感觉到自己的泪水就快要从眼眶里涌出来了，他希望爸爸能够意识到，“赶出去”是个多么糟糕的地方，爸爸应当同意马上离开这里。

“你必须明白，这里就是我们的家。”可是爸爸的回答让布鲁诺非常失望，“在可预见的未来，这里就是我们的家。”

布鲁诺闭上了眼睛。他从未如此坚持过自己的想法，也从未如此渴望改变爸爸的想法。但是对于留在这里，留在这个没有玩伴的可怕的地方，他还需要好好想想。过了一会儿，他睁开眼睛，看见爸爸从书桌后面走过来，坐在了他旁边的扶手椅上。布鲁诺看着爸爸打开一个银盒子，从里面拿出一根香烟，在桌子上轻轻敲了两下，然后点燃它。

“我记得，当我还是个孩子的时候，”爸爸说，“也有一些事情是我不想做的。但是当我的爸爸告诉我，如果我做那些事情，对所有人来说更好，那么我就会去做，我会尽我所能去做好。”

“是什么样的事情呢？”布鲁诺问。

“哦，我不记得了。”爸爸耸了耸肩说，“就是各种各样的事情。当我是个孩子时，我不知道什么是最好的。有时候，比如说，我不想待在家里做作业，我想上街，和我的朋友一起玩，就像你现在这样。现在回想以前，觉得自己那时候真愚蠢。”

“所以你明白我的感受吧？”布鲁诺满怀希望地说。

“嗯，但是我也知道我的爸爸，也就是你的爷爷，他知道什么对我才是最好的。所以当他向我提出建议时，我总是非常乐意接受。我之所以获得这么大的成功，就是因为我知道什么时候应该辩解，什么时候应该闭上嘴、听从命令。布鲁诺，你清楚了吗？”

布鲁诺看了看四周，他的目光停在了角落的一扇窗户上，透过窗户他看到了远处那一幕可怕的景象。

“你是不是犯了什么错？”过了一会儿，他问道，“惹‘圆叟’生气了吗？”

“我？”爸爸一脸惊讶地看着他，“什么意思？”

“你是不是在工作上犯错误了？所有人都说你是一个重要的人，‘圆叟’有很多重要的事情交给你做，这我知道。可如果不是因为你做了一些不好的事，‘圆叟’怎么会把你送到这个地方来惩罚你？”

爸爸大笑起来，这令布鲁诺更加懊恼，没有什么比大人嘲笑他无知更令他生气的了，尤其当他正在寻找答案的时候。

“你不了解这个职位的重要性。”爸爸说。

“我认为一定是你工作没有做好，我们才不得不离开自己漂亮的家、离开我们的朋友，来到这样可怕的一个地方。我想你一定犯了什么错，你应该去向‘圆叟’道歉，这样一来，或许这一切就会结束的。如果你真诚地道歉，他会原谅你的。”

布鲁诺不假思索地说出了这些话。他感觉这些不像是他应该对爸爸说的话，但是既然已经说出口，也就无法收回了。布鲁诺紧张地咽了咽口水，在片刻的沉默之后，他瞥了一眼爸爸，爸爸正面无表情地盯着他看。布鲁诺舔了舔嘴唇，将眼神移向别处。他觉得和爸爸对视是不明智的做法。

在寂静又令人煎熬的几分钟后，爸爸从布鲁诺身边的位子上缓慢地站起来，回到他的书桌旁，将香烟丢在烟灰缸中。

“我想，如果你是出于勇敢，”过了一会儿，爸爸平静地说道，他似乎经历了一场思想斗争，“而不是出于无礼，才说出了这些话，也不是一件坏事。”

“我没有——”

“但是你现在应该安静了。”爸爸提高嗓门，打断了布鲁诺，因为平日里的那些规矩对布鲁诺来说都不管用了，“我非常关心你的感受，布鲁诺，因为我知道这次搬家对你来说很难接受。我也听你说了自己的想法，尽管是你的年幼无知让你说出了刚才那些无礼的话。不过你也看到了，对于你的无礼，我没有做出任何回应。从现在开始，你必须接受现实——”

“我不想接受现实！”布鲁诺大叫道，紧接着，他诧异地眨起眼睛，他并不知道自己会叫得这么大声。（事实上，他完全惊呆了。）他紧张到了极点，准备随时逃跑。可是，这一切似乎并没有令爸爸生气——而且，如果仔细回想，其实他的爸爸很少生气。在这种情形下，爸爸通常会表现得平静而冷淡，用自己的方式结束这一切，而不是冲着布鲁诺吼叫，或者满屋子追赶他。爸爸只是摇了摇头，表示他们的争论到此结束。

“布鲁诺，回你自己的房间去。”爸爸的语气十分平静。布鲁诺知道爸爸要工作了，于是他站了起来，眼睛里噙满了失落的泪水。他朝门口走去，但是在打开门之前，他转过身来，问了最后一个问题。“爸爸……”他说道。

“布鲁诺，我不想——”爸爸真的要发火了。

“不是的，”布鲁诺立刻说道，“我要问的问题和刚刚说的那些事无关。”

爸爸叹了口气，示意他可以提问，但他们之前的争论就到此为止了。

布鲁诺想了一会儿，因为他希望这一次可以表达合宜，不想再表现得冒冒失失或是不礼貌。“外面那些是什么人？”他最终说出了自己的问题。

爸爸把脑袋向左边歪了歪，似乎被这个问题问得莫名其妙。“是士兵啊，布鲁诺。”他回答，“还有秘书、工作人员。你以前不是都见过他们吗？”

“不，不是他们。”布鲁诺说，“我说的是从我房间窗户看到的那些人，在远处那些小木屋里面的人。他们都穿着同样的衣服。”

“哦，那些人啊。”爸爸点点头，露出一丝微笑，“那些人，嗯，他们根本不是人，布鲁诺。”

布鲁诺皱了皱眉。“他们不是人？”他不明白爸爸的话是什么意思。

“嗯，至少不是我们理解的‘人’。”爸爸继续说道，“但是你现在不应该关注他们，他们和你一点关系都没有，你和他们没有任何共同点。你现在要做的是，尽快适应这个新家，这就是我唯一的要求。接受现实，你会发现一切都将变得更好。”

“好的，爸爸。”布鲁诺说，然而他对这个回答并不满意。

布鲁诺打开门，却又被爸爸叫住了。爸爸站了起来，扬起一边的眉毛，似乎在提醒布鲁诺忘记了什么。布鲁诺回想起爸爸过去做的手势和喊的口号，便模仿起来。

他用力并拢双脚，脚后跟碰撞发出“咔嗒”一声，然后将右手挥向空中，尽可能像爸爸一样用低沉清亮的声音喊出一句话——每次士兵们要离开时都会这么说。

“希特勒万岁！”布鲁诺喊道。其实，他心里在说：“好了，再见吧，过个愉快的下午。”

· 第六章 ·

薪水太高的女佣

几天后，布鲁诺躺在房间的床上，盯着头上的天花板。白色的油漆层已经有了裂缝，开始脱落，看上去非常碍眼，跟柏林家里的天花板根本没法比。在柏林时，每年夏天，妈妈都会请油漆工进行保养。在这个无聊的下午，他躺在这儿，盯着蜘蛛网一般的裂缝，眯着眼睛想象裂缝后面可能会有什么东西。布鲁诺想，天花板和油漆层之间或许住着许多小虫子，它们将裂缝撑得越来越大，试图形成一个缺口，这样它们就可以钻出来，再通过窗户逃出去。布鲁诺觉得，谁都不会愿意待在“赶出去”，就连这些小虫子也不例外。

“这里的一切都太可怕了。”他大声说道，尽管身边根本没有人在听他说话。但是说完这句话，他感觉舒服多了。“我讨厌这座房子，我讨厌这个房间，我还讨厌这里的油漆。我讨厌这里的一切，所有的一切。”

他刚说完，玛丽亚就抱着一堆洗熨好的衣服走了进来。看见布鲁诺躺在床上，她犹豫了片刻，接着略微低下头，静静地走到衣柜前。

“嘿。”布鲁诺说。虽然和女佣说话不如和朋友说话有意思，但是总比自言自语要好得多。格蕾特尔也不见了踪影，他开始担心这样下去自己会不会无聊到发疯。

“你好，布鲁诺少爷。”玛丽亚轻声地说，然后将他的背心、裤子和内衣归置好，分别放入不同层的抽屉里面。

“我猜你跟我一样，对这个新家很不满意。”布鲁诺说。玛丽亚转身看着布鲁诺，脸上的表情显露出她不明白布鲁诺在说些什么。“这里，”布鲁诺站起来，环顾四周，然后解释道，“这里的一切都很糟糕，不是吗？你难道不讨厌这里吗？”

玛丽亚张开嘴巴想要说些什么，但迅速地闭上了。她似乎仔细思考了一番该如何回答，可话到嘴边她又犹豫了，最后还是什么都没说。布鲁诺跟她非常熟悉——自打他三岁时，玛丽亚就过来照顾他们一家了——他们相处得非常融洽，只不过玛丽亚从未说过她过去的经历。她只顾埋头干活儿，擦拭家具、洗衣服、买东西、做饭，有时候送布鲁诺去学校，再去学校接他回家。布鲁诺八岁时经常需要她接送，不过到了九岁，布鲁诺认为自己已经足够大了，决定独自上下学。

“你不喜欢这里吗？”玛丽亚终于又开口了。

“喜欢这里？”布鲁诺微笑着问。“喜欢这里？”他又说了一遍，但这次说得更大声了。“我不可能喜欢这里！这里太糟糕了，没有事情可做，没有人说话，没有人和我一起玩。你不会告诉我，来到这里你很开心吧？”

“我很喜欢柏林家的花园。”玛丽亚并没有直接做出回答，“有时候，温暖的下午，我喜欢坐在外面晒太阳，在池塘边的常春藤下吃午餐。那儿的花真美，香气扑鼻。还有蜜蜂绕着花飞来飞去，只要你不招惹它们，它们也不会来招惹你。”

“所以你也不喜欢这里吧？”布鲁诺问道，“你也和我一样觉得这里不好，对吗？”

玛丽亚皱了皱眉。“这不重要。”她说。

“什么不重要？”

“我的想法不重要。”

“不，当然重要。”布鲁诺有些气恼，他感觉玛丽亚在故意捉弄自己，“你是我们家里的一员。”

“我不确定你父亲是不是也这么认为。”玛丽亚的脸上浮现出笑容，因为布鲁诺刚才说的话令她非常感动。

“可是，你和我们一样，不得不被带到这里。要我说，我们现在在同一条船上，而这条船正在漏水。”

有一瞬间，布鲁诺感觉玛丽亚已经准备好说出她的想法了。她把剩余的衣服放在床上，双手攥成拳头，似乎对某件事非常气愤。她张开嘴巴，却又僵住了，像是被自己将要说的话吓得不轻。

“玛丽亚，请回答我。”布鲁诺说，“因为如果我们的想法一样，我们也许可以说服爸爸带我们回家。”

玛丽亚将目光移向别处，沉默了片刻，悲伤地摇了摇头，然后再次面向他。“你父亲知道什么是最好的，”她说，“你必须坚信这一点。”

“可是我不确定，”布鲁诺说，“我觉得他犯了一个巨大的错误。”

“那就由我们一起承担这个错误吧。”

“可是如果我犯了错，我就会受到惩罚。”布鲁诺继续说道。他感到很生气，因为用在小孩身上的规矩似乎对大人们完全不管用（尽管这些规矩是大人们自己定下的）。“愚蠢的爸爸。”他又小声地说了这么一句。

玛丽亚睁大了眼睛，走向他，惊恐地用双手捂住了他的嘴巴。她环顾四周，确定周围没有人，只有她听见了布鲁诺刚才说的话。“你不能这么说话。”她说，“你永远不能这么说你父亲。”

“我不明白为什么。”布鲁诺说。他为自己刚才的言语感到有点羞愧，但要是无人在意他的想法，他绝不会忍气吞声地老实坐着。

“因为你父亲是一个好人，”玛丽亚说，“一个非常好的人。他照顾了我们所有人。”

“把我们所有人带到这里，一个什么都没有的地方，这是在照顾我们吗？”

“你父亲还做了很多别的事情，”她说，“很多值得你骄傲的事情。如果不是你父亲，我现在还不知道在哪儿呢。”

“我想，你会在柏林，”布鲁诺说，“在一座非常漂亮的房子里工作。在常春藤下吃午餐，旁边还有一群蜜蜂。”

“你不记得我是什么时候来照顾你的了，对吧？”她平静地说，同时坐到了布鲁诺的床边，而她以前从来没这么做过，“你怎么会记得呢，那时候你才三岁啊。是你的父亲收留了我，在我最困难的时候，他帮助了我。他给了我一份工作、一个家，还有食物。你无法想象渴求食物的那种感觉。你从来没有饿过肚子，对吗？”

布鲁诺皱了皱眉，很想说他现在就感觉有点饿。不过他没有说，而是朝玛丽亚看过去。他第一次意识到，他从未完全把玛丽亚看作一个有属于自己的生活和过去的人。毕竟，玛丽亚似乎只有他们家女佣的身份（至少在他看来是这样）。他甚至不确定，有没有见她穿过女佣制服以外的衣服。但是当他想到这些时，他认为，除了照顾他和他的家庭，玛丽亚一定还有自己的生活。她一定有自己的想法，就像他一样。她也一定想念过某些事物，并希望能够再次见到一些朋友，就像他一样。来到这里以后，她也一定每晚带着泪水入睡，就像那些比他年纪小、不如他勇敢的小男孩一样。布鲁诺还注意到，玛丽亚其实很漂亮。这么一想，他觉得还挺有趣。

“当你父亲和你现在差不多大的时候，我母亲就认识他了。”过了一会儿，玛丽亚说，“我母亲为你的祖母工作。那时候你祖母还很年轻，在德国巡回演出，我母亲负责为她准备所有的服装——洗衣服、熨衣服、缝补衣服等等。那些都是华丽的礼服。她还会绣一些图案呢，布鲁诺！每

一件衣服都像一件艺术品。现在可找不到那么好的裁缝了！”她微笑着摇摇头，沉浸在回忆之中。布鲁诺也听得很耐心。“她要确保你祖母在演出前进入服装间时，所有的衣服都已经准备好。你祖母退休后，热忱地邀请我母亲和她住在一起，还给了她一笔抚恤金，但那时候的日子还是比较艰难。后来你父亲给了我一份工作，我的第一份工作。几个月后，我母亲病得很严重，需要一笔住院费，是你父亲支付了所有费用，尽管他没有义务这么做。因为我母亲和你的祖母是朋友，你父亲帮我们付了那笔费用，还把我带到了你们家里。我母亲去世后，你父亲又支付了葬礼的所有费用。所以，布鲁诺，永远不要说你父亲愚蠢。绝对不要在我的面前说，我是不会允许的。”

布鲁诺抿了抿嘴，他原本希望玛丽亚会站到他这一边，和他一起逃离“赶出去”。不过现在，他知道她忠心耿耿。他也不得不承认，听到这些故事以后，他为自己的爸爸感到骄傲。

“嗯。”布鲁诺一时间不知道该说什么好了，“我想，爸爸是个好人。”

“对。”玛丽亚说着，起身走到窗前，从那里可以看见远处的小木屋和那里的人。“他对我很好。”她继续静静地说道，同时看向远处的来来往往的士兵。“他的心地非常善良，确实是这样，这让我感到奇怪……”当她注视着那些人的时候，她的声音逐渐变小，然后突然变得沙哑，听起来就好像要哭了。

“奇怪什么？”布鲁诺问。

“奇怪他……他怎么能……”

“他做了什么？”布鲁诺追问。

楼下传来“砰”的一下关门声，余音在整个房子里回荡着，就像枪声一样，布鲁诺吓了一大跳，玛丽亚也惊叫了一声。布鲁诺听到有人正在上楼，发出“嗵嗵”的脚步声，而且脚步越来越快。他爬上床，紧靠着墙，突然担心起接下来会发生什么。他屏住呼吸，等待麻烦来临。但到来的是格蕾特尔，那个不可救药的孩子。格蕾特尔把头从门外伸进来，看到自己的弟弟正和女佣谈话，她似乎很惊讶。

“发生什么事了？”格蕾特尔问。

“没什么。”布鲁诺警惕地说，“你要干什么？出去。”

“你出去。”格蕾特尔回答，她好像完全忘了这是布鲁诺的房间。接着她转过去，好奇地眯着眼睛看着玛丽亚。“给我洗个澡，玛丽亚，可以吗？”她问。

“你干吗不自己洗澡?”布鲁诺生气地说。

“因为她是用人,”格蕾特尔瞪着他说,“这是用人应该做的工作。”

“这不是她应该做的工作。”布鲁诺大叫着站起来,朝格蕾特尔走去,“她来到这里不是要一刻不停地为我们做事情的,尤其是有些事情我们可以自己做。”

格蕾特尔盯着他看,觉得他好像疯了,然后她看向玛丽亚,玛丽亚连忙摇了摇头。

“当然没问题,格蕾特尔小姐。”玛丽亚说,“我马上就整理完你弟弟的衣服了,接着我会立刻去你那儿。”

“好,但不要让我等太久。”格蕾特尔傲慢地说。她从未像布鲁诺一样,想到玛丽亚也是和她一样有感情的人。然后她快速地回到自己的房间,关上了房门。玛丽亚的目光没有随着格蕾特尔的离开而远离,但是她的脸颊泛起些微红晕。

“我还是觉得她犯了一个严重的错误。”过了一会儿,布鲁诺小声说道。他觉得自己应该为姐姐的行为道歉,不过他也不确定这么做对不对。这样的事情总会令布鲁诺觉得尴尬,因为他认为,对为自己工作的人不能这么无礼。毕竟,礼貌是一件很重要的事情。

“即使你是这么想的，你也一定不能说出来。”玛丽亚马上说道。她走向布鲁诺，好像要对他诉说什么道理。“请答应我，你以后不会这么做了。”

“可是为什么呢？”布鲁诺皱着眉头问道，“我只是说出了我的想法啊，我是可以这么做的，难道不是吗？”

“不可以，”玛丽亚说，“你不可以这样。”

“我不可以说出我的想法？”布鲁诺又疑惑地问道。

“不可以。”玛丽亚坚决地说，她的声音有些嘶哑，像是在祈求布鲁诺，“请别再这么说了。你难道不知道你这么说会带来什么麻烦吗？那会牵涉所有人。”

布鲁诺盯着她看，她的眼神似乎由于过分担忧而变得慌乱。他从未见过她这副模样，这令他十分不安。“好吧。”布鲁诺咕哝着站了起来，朝门口走去，他突然希望马上离开她，“我只是说我不喜欢这里而已，我只是在你整理衣服的时候跟你说说话，并不是说我要逃跑或者做些其他什么事情，即使我真的那么做了，我想也不会有人批评我的。”

“你想让你的父亲母亲担心死吗？”玛丽亚问，“布鲁诺，如果你懂事的话，你就应该保持沉默，专心上学，听你父亲的话。在一切结束之前，我们所有人必须确保安全。这就是我想要做的事情。毕竟，我们还能做什么呢？这些事情我们是不能改变的。”

突然间，布鲁诺有一股强烈的冲动，想要大哭一场。他自己也被这个想法吓到了，于是他迅速地眨了眨眼睛，他不想让玛丽亚看到。然而，当他的眼神再次与玛丽亚接触时，他觉得空气中似乎弥漫着一种异样的气息，因为他发现玛丽亚的眼睛里似乎也充满了泪水。总之，他感觉气氛非常尴尬，于是他转过身去，走向门口。

“你要去哪儿？”玛丽亚问。

“外面。”布鲁诺生气地回答，“这与你无关。”

他一开始走得很慢，但是一出房间，就迅速冲向楼梯，飞快地跑下楼。他突然有一种感觉，自己如果不能立即离开这座房子，就会晕倒。于是在几秒后，他就来到了外面。他开始在车道上来回奔跑。他要做一些能让自己振奋的事情，一些能够让他筋疲力尽的事情。他看向远处的那扇大门，那扇门通向火车站，到了那里就可以坐火车回家。可是一想到如果逃回去，家里只有他孤零零的一个人，布鲁诺宁可留在这里。

· 第七章 ·

妈妈抢功劳

布鲁诺和他的家人来到“赶出去”已经好几周了，看样子卡尔、丹尼尔和马丁是不会来看他了，他决定自己找一些好玩的东西，否则这样下去，他会慢慢疯掉的。

在布鲁诺的印象中，只有一个人可以被称为疯子，那就是罗勒先生。他的年纪和爸爸一样大，就住在他们柏林的那座老房子后面。布鲁诺经常看见他不分昼夜地在大街上晃悠，还自己和自己争吵。有时候吵着吵着，他就挥舞着手臂去和墙上的影子对打。他的拳头一下又一下地砸在墙上，打得鲜血直流，接着他就跪在地上，放声痛哭，一个劲儿地拍自己的脑袋。有时候布鲁诺还听见他说过一些粗话，要知道，这些词布鲁诺可从不敢说。这时候，布鲁诺就会停下脚步，咯咯地笑个不停。

“你不该笑话可怜的罗勒先生。”某天下午，当布鲁诺讲述罗勒先生的“最新逸事”时，妈妈对他说，“你根本不知道他这一生的遭遇。”

“他是个疯子。”布鲁诺说着，用手指在头顶上快速地画了一个圈，他还吹起了口哨，表达他觉得罗勒先生疯得有多厉害，“几天前，他还走到一只猫身边，邀请它去喝下午茶。”

“那只猫说了什么？”格蕾特尔问道，她这会儿正在厨房的角落里做三明治。

“什么都没说。”布鲁诺解释道，“那是一只猫。”

“其实，”妈妈又说，“弗朗茨·罗勒先生曾是个非常讨人喜欢的年轻人——我很小的时候就认识他了。他非常和蔼，也很有想法，而且他的舞跳得就像弗雷德·阿斯泰尔[①]那么好。但是在第一次世界大战中，他受了非常严重的伤，受伤的部位是头部，所以他才会变成现在这样。这

① 弗雷德·阿斯泰尔（Fred Astaire）本名弗雷德里克·奥斯特利茨（Frederick Austerlitz），出生于美国内布拉斯加州奥马哈，电影演员、舞蹈家、舞台剧演员、编舞、歌手。

并不可笑。你根本不知道在战争年代那些年轻人遭遇过什么，你不会懂得他们的痛苦。”

那时候布鲁诺只有六岁，还不太明白妈妈说的一切。“已经过去很多年了。”当他问起这些事的时候，妈妈解释说，“那时候你还没有出生。弗朗茨和那些年轻人一起，为了我们在战壕里战斗。当时你爸爸和他非常要好，我想他们在一起服役过。”

“后来他怎么了？”布鲁诺问。

“不说这个了。”妈妈说，“战争并不是一个适合我们谈论的话题，不过恐怕很快我们就要时不时地说起战争了。”

这次交谈发生在他们搬到“赶出去”三年前，当时布鲁诺并没有把这件事放在心上，可是现在他突然觉得，如果再不做点有趣的事情，让自己的脑筋活跃起来，他很有可能像罗勒先生那样跑到街上跟自己打架，甚至还会邀请动物一起出席社交场合。

为了让自己开心，布鲁诺花了周六整个上午和下午的时间找到了新的消遣方式。在离他们的房子不远处——靠着格蕾特尔的房间那边，从他自己的房间无法看到的地方——有一棵高大的橡树，它的树干十分粗壮。这棵橡树枝繁叶茂，足以承受一个小孩的重量。这棵树看上去非常老，因此布鲁诺认为它一定是栽种于中世纪后期。这个时期是他最近才知道的，不过他非常感兴趣——尤其是那些有关骑士们去异域探险、发现新奇事物的故事。

布鲁诺只需要绳子和轮胎这两样东西就可以创造属于自己的娱乐设施了。绳子很容易就能找到，因为地下室里就有几大捆，他没费什么功夫就找来一把锋利的小刀，按自己需要的长度割了一段绳子。他把绳子放在橡树底下以备下一步使用。可是，要想弄到轮胎就有些麻烦了。

这天上午，爸爸妈妈都不在家。早些时候，妈妈匆匆忙忙地出了门，乘火车前往附近的城市去透透气。至于爸爸，布鲁诺还是上次扒在窗口的时候远远望见他的，他正朝那些小木屋和那边的人群走去。虽然平常他们家的周围停放着很多军用卡车和吉普车，但是布鲁诺知道，他不能从这些车上卸下轮胎，不过找个备用轮胎还是有可能的。

当他走出去时，格蕾特尔正在和科特勒中尉说话。尽管无法对科特勒表现出热情，布鲁诺依然决定问问他。科特勒中尉就是布鲁诺来“赶出去”当天见到的那个年轻军官。当时科特勒出现在他们家的楼上，盯着布鲁诺看了一会儿，然后点点头就走了。自那以后，布鲁诺在许多场合下见过他，科特勒在他们家进进出出，似乎他才是这里的主人，而爸爸的书房对他一直开放——不过他们并不经常说话。布鲁诺不确定这是为什么，但是他知道自己不喜欢科特勒中尉。布鲁诺觉得他非常冷酷，每次见到他都想多穿一件外套。可是现在没有旁人可以问，所以布鲁诺鼓起勇气走了过去，准备向他问好。

大多数时候，这位年轻的中尉看上去英俊潇洒，穿着被熨得笔挺的军装四处走动。他脚上的黑靴子总是擦得锃亮，金黄色的头发整齐地梳向两侧，就连梳头时留下的印子都清晰可见，像是刚刚被犁过的田野一样。而且他的身上总是喷了很多古龙香水，以至于从老远处就能闻到。布鲁诺知道，不能站在他的下风位置，否则会被他身上的香水味熏晕过去的。

然而，在这一天，这个阳光明媚的周六的早晨，他并没有好好打扮自己。他穿着白色背心和长裤，头发随意地在垂在额头前。他的手臂晒得很黑，有着令布鲁诺羡慕的肌肉。布鲁诺惊讶地发现，今天的他看上去年轻了不少，这让布鲁诺想起学校的那些大男孩——布鲁诺总是小心地避开那些男孩。科特勒中尉正和格蕾特尔欢快地聊着天，他说的话一定非常有趣，因为无论他说些什么，格蕾特尔都笑得很大声，她还用手指把自己的头发卷成一圈圈的。

“你好。”布鲁诺走到他们身边说道。格蕾特尔有点气恼地看着他。

“你想干什么？”她问。

“我不想干什么。”布鲁诺瞪着她，没好气地说，“我只是过来问声好。”

“请原谅我弟弟，科特。”格蕾特尔对科特勒中尉说，“他才九岁，你知道的。”

“早上好啊，小家伙。”科特勒说，同时伸出手去拨弄布鲁诺的头发，这个举动真是太不礼貌了。布鲁诺想把他推倒在地，然后狂踩他的脑袋。“周六的上午，你这么早起床干什么？”

“已经不早了，”布鲁诺说，“都快十点了。”

科特勒中尉耸了耸肩。“我像你这么大的时候，不到午饭时间，我的妈妈根本不能把我从床上叫起来。她说，如果我整天这样睡大觉，就不能长得又高又壮。”

“看来，她说错了，对吧？”格蕾特尔傻笑着。布鲁诺厌恶地瞪着她。她说话的语气傻傻的，听上去根本没有经过大脑思考。此时此刻，布鲁诺只想从他们俩身边走开，不再理他们。可是他别无选择，他想要做的那件事情，必须请科特勒中尉帮忙。

“我想请你帮我一个忙。”布鲁诺说。

“你说说看。”科特勒中尉说。格蕾特尔又大笑起来，尽管这并不可笑。

“我想知道，附近有没有备用轮胎。”布鲁诺说，“比如吉普车上的，或者卡车上的也行，你们暂时用不上的轮胎。”

“最近，我唯一见到过的备用轮胎，是霍夫施奈德中士的，他把轮胎套在腰上了。”科特勒中尉说，他的嘴唇上扬，一副似笑非笑的样子。这句话对布鲁诺来说一点意思都没有，却让格蕾特尔笑得上气不接下气。

“哦，那他还用得着那个轮胎吗？”布鲁诺问。

“霍夫施奈德中士？”科特勒中尉问，“是的，我想是的，他一刻都离不开他的备用轮胎。”

“别说了，科特。”格蕾特尔说着，擦了擦眼睛，她都笑出眼泪来了，“他根本听不懂你说的话，他才九岁。”

“喂，请你闭上嘴。”布鲁诺生气地瞪着他的姐姐喊道。向科特勒中尉求助已经很丢脸，被自己的姐姐嘲笑就更加丢脸了。“你也才十二岁，”他又说道，“请你不要再假装你是个大人了。”

“我快十三岁了，科特。”格蕾特尔大声地说道，她脸上的笑容消失了，表情显得有些僵硬，“再过几周，我就十三岁了，就是跟你一样的青年人了。”

科特勒中尉笑着点了点头，什么话也没有说。布鲁诺直瞪着他。如果周围还有其他成年人，布鲁诺一定会挤挤眼睛，表示谁都知道女孩们有多么傻，尤其这些当姐姐的，简直可笑至极。但是这里没有其他成年人，只有科特勒中尉。

“不管怎样，”布鲁诺说，他根本不在意格蕾特尔正怒气冲冲地瞪着自己，“除了那一个，还有没有其他备用轮胎？”

“当然有。”科特勒中尉说，他收起了笑容，似乎突然对这件事情感到厌烦，“不过你要备用轮胎干什么？”

“我想做一个秋千，”布鲁诺说，“用绳子把轮胎绑在树枝上。”

“嗯。”科特勒中尉点了点头，似乎在他遥远的童年也做过类似的事情。就像格蕾特尔说的那样，科特勒也只不过是个小青年。“是的，当我是个孩子时，我也做过很多秋千。我的朋友们和我在秋千上度过了很多快乐的午后时光。”

布鲁诺感到有些惊讶，他们之间竟然也有共同之处（更为惊讶的是，科特勒中尉竟然也有朋友）。“那你愿意帮忙吗？”布鲁诺问，“帮我在附近找个轮胎。”

科特勒中尉盯着布鲁诺，似乎在思考，是要给他一个确切答案，还是要像往常一样逗逗他，让他生气。接着，科特勒看见了帕维尔——那个每天下午都来厨房准备蔬菜的老头，在晚餐时，他还穿着白色外套站在餐桌旁服务。帕维尔正朝着房子这边走来，这似乎让科特勒有了主意。

“喂，你！”科特勒喊道，然后说了一个布鲁诺听不懂的词。“过来，你这个——”他又说了一遍，这个词非常难听，于是布鲁诺看向别处，感觉站在这儿非常尴尬。

帕维尔走向他们，科特勒和他说话时很粗鲁，尽管以帕维尔的年纪，都可以当他爷爷了。“把这个小家伙带到正厅后面的杂物间，墙边有一排旧轮胎，让他挑一个，你搬到他指定的地方去，听懂了吗？”

帕维尔双手拿着帽子放在胸前，点点头，其实他的头原本已经垂得很低了。“是，先生。”他轻声回答，那声音小得就像没说话一样。

“做完这件事之后，你再去厨房，先把你的手洗干净，然后才能碰食物，你这个肮脏的——”科特勒中尉再次说了他刚刚说了两次的那个词，而且说话的时候唾沫横飞。布鲁诺瞥了一眼格蕾特尔，刚刚她还一脸崇拜地看着科特勒在阳光照耀下的那一头金发，现在她也和她的弟弟一样感觉不大舒服了。他们都没有和帕维尔说过话，尽管帕维尔是一名很好的侍者，而且用爸爸的话讲，他也不是石头里蹦出来的。

“你去吧。”科特勒中尉说。帕维尔转过身，朝着杂物间那边走去，布鲁诺跟在后面，时不时回过头瞥向他的姐姐和这位年轻的军官，他很想走回去把格蕾特尔拉走，尽管她很讨人厌、自私自利，而且大多数时候对他态度很差。可是，她毕竟是他的姐姐。他不想让她单独和科特勒中尉那样的人在一起。毫无疑问，科特勒是个彻头彻尾的败类。

布鲁诺很快找到了合适的轮胎，帕维尔把轮胎拖到格蕾特尔房间那边的大橡树下，可就在几小时之后，意外发生了。布鲁诺在树干上不断地爬上爬下，把绳子和轮胎牢牢地绑在树枝上，终于完成了这项伟大的工程。他以前也做过一个秋千，不过是在卡尔、丹尼尔和马丁的帮助下一起完成的。而这一次，他只能独自做这件事，所以难度大了很多。但不管怎样，他还是成功了。之后的几小时，他开心地坐在轮胎的中间，来来回回地荡着，仿佛世界上的一切都与他无关了。这是他这辈子坐过的最不舒服的秋千，然而他一点都不在意。

他横躺在轮胎的中间，双腿蹬地，来回荡着。每次秋千往后的时候，都会荡得很高，几乎就要撞到树干了。但是布鲁诺仍然一次次用双脚蹬地，随着秋千荡得越来越快、越来越高。这种感觉棒极了，可当他想对着树干踢上一脚的时候，握着绳子的手突然滑了一下，等到他反应过来，身体已经翻了过去，一只脚还挂在轮胎边缘，“砰”的一声，脸冲着地摔了下来。

布鲁诺感觉眼前一黑，但是很快就缓过神来。他刚爬起来，脑袋又被荡回来的轮胎砸中了。他大叫一声，然后爬到了远处。他试着站了起来，由于刚刚摔得很重，这会儿四肢都疼得要命，不过幸好骨头没有摔断。他检查了一下自己的双手，上面布满了伤痕。他又看了看肘部，上面划了一个很大的口子。腿就伤得更厉害了，他低头看向膝盖，发现短裤的下方，有一个很大、很深的伤口，它似乎正等待着被发现，因为布鲁诺刚注意到它，它就开始流血不止。

“哦，天哪！”布鲁诺大声喊道，他盯着伤口，不知道该怎么办。不过他没有等待太久，因为秋千的位置靠近厨房这边，而帕维尔——帮他搬轮胎的那个侍者——一直站在厨房窗户旁削土豆，目睹了意外的发生。当布鲁诺再次抬起头时，他看到帕维尔迅速地向他跑了过来。等到帕维尔跑到他身边，他才彻底被包围着自己的虚弱感击垮。他的身体倒向地面，幸好帕维尔抱住了他，他才没有栽倒在地。

“我不知道发生了什么，”布鲁诺说，“我以为不会有危险的。”

“你刚才荡得太高了。”帕维尔轻声说道，柔和的声音让布鲁诺立即有了安全感，“我都看到了，我刚刚就在想，你随时都可能会有危险。”

“我确实遇到了危险。”布鲁诺说。

“是的。”

帕维尔抱着他穿过草坪，回到家里，把他抱到厨房，让他坐在一把木椅子上。

“妈妈在哪儿？”布鲁诺问，每当他发生意外，第一个想找的人就是他的妈妈。

“我想，你妈妈还没有回来。”帕维尔说，他跪在地上，检查着布鲁诺的膝盖，“现在只有我一个人在这里。”

“接下来会怎么样？”布鲁诺问，他开始慌张起来，几乎要哭了，“我会流血而死吗？”

帕维尔温和地笑了笑，然后摇摇头。“你不会流血而

死的。”他说着，拖了一只凳子过来，把布鲁诺的腿放在上面，“现在先别动，我去拿急救箱。”

布鲁诺看着他从厨房的橱柜里面拿出一个绿色急救箱，往一个小碗里面倒了点水，用手指试了一下水温，确保水不会太凉。

“我需要去医院吗？”布鲁诺问。

“不用，不用。”帕维尔说着，回到了布鲁诺身边。他用一块干布从碗里蘸了点水，温柔地擦拭着布鲁诺的膝盖。布鲁诺的腿直往后缩，但事实上也并不是真的那么疼。“只是一个小伤口，不需要缝针的。”

帕维尔清理了伤口，然后用另一块布在伤口上敷了几分钟，这期间布鲁诺一直皱着眉头，紧张地咬着嘴唇。当帕维尔再次小心翼翼地把这块布拿走时，血已经止住了。然后他从急救箱里面拿出一小瓶绿色药水，轻轻地抹在伤口上，布鲁诺感到阵阵刺痛，嘴里“哎哟”了好几声。

“没那么严重，”帕维尔的语气既温柔又亲切，“不要把它想象得太严重。”

这句话似乎对布鲁诺起了作用，他停止了“哎哟”。帕维尔抹完绿色药水后，从急救箱里拿出一卷绷带，给他包扎了伤口。

“好了。”帕维尔说，“感觉好多了，对吧？”

布鲁诺点点头，他为自己表现得不够勇敢感到有些羞愧。“谢谢你。”他说。

“不客气。”帕维尔说，“现在你要先在这里坐上几分钟，然后才能起来走路，知道吗？让伤口保持松弛。记得，今天千万不要再去荡秋千了。”

布鲁诺点点头，把搁在凳子上的腿伸直了。帕维尔走到水池边，仔细地把手洗干净，他甚至用钢丝球清理了自己的指甲缝，然后擦干手，回去削土豆了。

“你会把今天发生的事告诉妈妈吗？”布鲁诺问。过去的几分钟，他一直在想，今天的事情会被视为一个英雄遭遇的意外，还是一个淘气鬼的作茧自缚。

“我想，她自己会看到的。”帕维尔说。他把胡萝卜放到桌子上，在布鲁诺对面坐了下来，然后开始削胡萝卜，削下来的皮都落到了一张旧报纸上。

“嗯，我想是的。”布鲁诺说，“也许她会带我去看医生。”

“我觉得不会。”帕维尔轻声说。

“你怎么知道？”布鲁诺说，他不想让这次的意外就这么平静地结束（毕竟，这是他来到这儿以后发生的最激动人心的事情了），“伤口的情况可能比看上去更严重呢。”

“不会的。”帕维尔说，他似乎没有在听布鲁诺说话，因为他的注意力都集中在胡萝卜上面。

“你怎么知道不会?”布鲁诺立刻问道。他开始有些气恼，尽管眼前这个人刚刚跑过去把他抱进来，还帮他清理了伤口。“你又不是医生。”

帕维尔停下了手里的活儿，看着桌子对面的布鲁诺。他的头很低，眼睛向上看着，像是在思考应该说些什么。他叹了口气，似乎考虑了很久才开口：“我是医生。”

布鲁诺惊讶地看着帕维尔，他的话太不合情理了。“可你是一位侍者啊，”布鲁诺慢吞吞地说道，“你只负责准备晚餐用的蔬菜。你怎么可能是医生呢?”

“年轻人，”帕维尔说（布鲁诺很感激帕维尔称呼他为“年轻人”，而没有像科特勒中尉那样称呼他为“小家伙”)，“我确实是一名医生。你要知道，一个在晚上仰望天空的人，也不一定就是天文学家。”

布鲁诺不明白帕维尔的意思，但是这一番话让布鲁诺第一次仔细地关注起帕维尔。他是一个身材矮小的男人，而且骨瘦如柴。他的手指很长，棱角分明。他比爸爸年长一些，又比爷爷年轻一些，不过这仍然表明他已经很老了。在来到“赶出去”之前，布鲁诺从未见过他，但是布鲁诺从他脸上看到了曾经留过胡子的痕迹。

不过现在他脸上是光秃秃的。

“可是我不明白，”布鲁诺说，他还想刨根问底，“如果你是医生，那你为什么会在餐桌旁为我们服务呢？你为什么不在医院工作？”

在回答这个问题之前，帕维尔犹豫了很长时间，而布鲁诺一直静静地等待着。他也说不清楚为什么，只是感觉自己应该礼貌地等待帕维尔回答。

“我在来这里之前，练习过当医生。”帕维尔最终说道。

“练习过？”布鲁诺问道，他对这个词不是很熟悉，“你表现得不好吗？”

帕维尔露出了微笑。“我表现得很好。我一直想当一名医生，在我小的时候就想了，就像你这么大的时候，我就想当医生。”

“我想当一名探险家。”布鲁诺立刻说。

“祝你好运。”帕维尔说。

“谢谢。”

“你有什么发现吗？”

“在我们柏林的家里，有很多可以探险的地方。”布鲁诺说，“那里的房子很大，大到超乎你的想象，所以可以去很多地方探险，跟这里完全不一样。”

“这里的一切都和别处不同。”帕维尔表示同意。

“你是什么时候来到‘赶出去’的？”布鲁诺问。

帕维尔放下手里的胡萝卜和刮皮刀，想了想，说道：“我觉得我一直在这里。”

“你在这里长大吗？”

“不。”帕维尔摇摇头说，“不，不是。”

“可你刚刚说——”

这时他听到外面传来妈妈说话的声音。一听到她的声音，帕维尔就迅速从椅子上站起身来，拿着胡萝卜、刮皮刀，还有接胡萝卜皮的报纸，回到水池边。他背向布鲁诺，低着头，什么也不说了。

“你怎么了？”妈妈一走进厨房，就俯下身来检查布鲁诺包扎着的伤口。

“我做了一个秋千，结果从秋千上摔了下来。”布鲁诺解释道，“后来又被秋千撞到了头，我差点晕过去了。帕维尔把我抱了进来，还帮我清理了伤口，绑上绷带。虽然很疼，但是我没哭。我一次也没哭，帕维尔，对吧？”

帕维尔朝着他们这边微微转身，但还是没有抬起头。“伤口已经清理好了。”他小声说，没有回应布鲁诺的话，

“不用担心。”

“布鲁诺，回你的房间去。”妈妈说，她看上去明显不大高兴。

“可是我——”

“不许争辩——回你的房间去！”妈妈又说。布鲁诺从椅子上下来，身体的重量完全压在了受伤的那条腿上，他感觉到有点疼，决定称这条腿为“坏腿”。他转身离开厨房，不过当他走向楼梯时，他听到妈妈在向帕维尔道谢。布鲁诺感到很高兴，因为很显然，如果没有帕维尔，他很可能会流血而死。

在上楼之前，他听到了妈妈对这位自称医生的侍者说的最后一句话。

“如果司令官问起这件事，我们就说是我给布鲁诺清理了伤口。”

布鲁诺觉得妈妈这样做非常自私，她是在抢帕维尔的功劳。

· 第八章 ·

愤怒的奶奶

布鲁诺离开家后，最想念的人就是爷爷和奶奶。他们住在果蔬摊附近的一栋小公寓里面。布鲁诺搬到“赶出去”的时候，爷爷快要七十三岁了，在他看来，爷爷是世界上年纪最大的人。一天下午，布鲁诺盘算了一下，如果他把自己现在的人生再重复八次，他的年纪比爷爷还要小一岁。

爷爷一辈子都在经营市区的一家餐厅，布鲁诺的朋友马丁的爸爸，就是那家餐厅的员工，他在那里当厨师。虽然爷爷不再需要亲自下厨或者在餐桌旁充当侍应，可他大多时候还是待在餐厅里，下午坐在吧台前和顾客聊聊天，晚上在餐厅吃完饭，和朋友们说说笑笑，一直待到关门才离开。

与其他孩子的奶奶相比，布鲁诺的奶奶似乎并不显得很老。事实上，当布鲁诺知道奶奶已经六十二岁时，他相当惊讶。年轻的时候，奶奶在自己的一次音乐会上遇到了爷爷。尽管爷爷有很多缺点，奶奶还是答应了他的求婚。奶奶有着长长的红头发，而她的儿媳妇竟然也和她一样。奶奶的眼睛是绿色的，据她自己说，那是因为她家族中有爱尔兰人的血统。布鲁诺知道，每次家庭聚会，如果有人坐在钢琴边，邀请她高歌一曲，那么整个聚会就会达到高潮。

"什么？"她总是这么大声，将一只手放在胸前，似乎这个邀请令她大吃一惊，"你要邀请我唱歌吗？为什么？我觉得我唱不了。年轻人，我已经很长时间不唱歌了。"

"唱歌！唱歌！"聚会上的所有人都会喊起来。

经过短暂的冷场之后——有时候会持续十到十二秒之久，她终于妥协，转向钢琴边的年轻人，快速又不失幽默地说道："《玫瑰人生》，降e小调，请你尽量跟上我的节奏哦。"

在布鲁诺的家里，聚会的主角永远是奶奶。不知道为什么，这种时候妈妈总是会带着一些朋友离开聚会大厅，走进厨房。爸爸则会留下来听奶奶唱歌，布鲁诺也是一样，因为他觉得没有什么事比听奶奶唱歌更加吸引他。他喜欢听奶奶高歌一曲，并沉浸在客人们的掌声中。此外，《玫瑰人生》这首歌本身也会让他振奋不已，简直连后背上的汗毛都要竖起来了。

奶奶希望布鲁诺或者格蕾特尔可以延续她的艺术生涯。每次圣诞节或是生日聚会，她都会撰写一个小短剧，由他们三个人表演给爸爸妈妈还有爷爷看。布鲁诺认为，奶奶在写剧本时，总是把最好的台词留给她自己，不过他并不介意。通常，剧本里面都会穿插一首歌曲，唱歌之前奶奶都会这么问："你们是不是在期待这首歌？"布鲁诺总是被安排表演一个魔术，格蕾特尔则会跳一支舞。而短剧的结尾大多是由布鲁诺背诵某位伟大诗人的长诗，布鲁诺觉得那些诗句太过深奥了，但是背得越多，就越来越觉得那些诗句写得很美。

在奶奶的小创作中，这些还不是最棒的。最棒的是奶奶为布鲁诺和格蕾特尔制作的服装。不管他扮演什么角色，不管与奶奶、姐姐相比他的台词有多么少，布鲁诺总是被打扮成一个王子，或者像一个阿拉伯酋长，曾经有一次他还被打扮成罗马角斗士。布鲁诺会拥有一顶王冠；如果没有王冠，就会有长矛；如果没有长矛的话，就一定会有鞭子或者头巾。没有人知道，奶奶下一次会有什么样的创意。圣诞节前的一周，布鲁诺和格蕾特尔每天都会被奶奶叫到她的房间排练。

他们最近一次表演的短剧引发了很不愉快的结果。直到现在，布鲁诺仍然一想起来就觉得难过，尽管他并不明白是什么原因引发了争吵。

大约是在那之前的一周，家里洋溢着愉悦的气氛，因为爸爸从此要被称为“司令官”了。玛丽亚、库克、拉尔斯及整天在他家进进出出的士兵们，都要这么称呼他的爸爸。布鲁诺觉得，这个家仿佛变成了那些士兵的家，而不是他的。连续几周，家里都热热闹闹的。先是“圆叟”和一个美丽的金发女郎来他家里吃饭，这让家里上上下下都紧张不已，然后爸爸就变成了“司令官”。妈妈让布鲁诺祝贺爸爸，布鲁诺照做了。但说句实话（他自己也一直想保持诚实），布鲁诺并不清楚他为什么要祝贺爸爸。

圣诞节那天，爸爸穿上了崭新的军装，就是现在他每天都穿着的这身笔挺的军装。当他第一次穿上这身军装时，全家人都为他鼓掌。这真是一件特别的事情。与进进出出的士兵们相比，爸爸脱颖而出，士兵们也比过去更加尊敬他了。妈妈走上前去，亲吻他的脸颊，她还把一只手放在

军装前面，称赞这套军装的布料非常好。布鲁诺尤其喜欢军装上面的那一枚枚勋章。爸爸还把自己的军帽给布鲁诺戴了一会儿，前提是布鲁诺必须把手洗干净，才能碰那顶军帽。

当爷爷看见自己的儿子穿着崭新的军装时，他感到非常骄傲，然而奶奶的反应非常冷淡。晚餐过后，奶奶跟格蕾特尔、布鲁诺演完了最后一次短剧，她难过地坐在扶手椅上，看着爸爸摇了摇头，似乎对爸爸失望至极。

“拉尔夫，我在想，这一切是不是都是我的错？”她说，“是不是你小时候，我让你参加的那些表演，让你变成了现在这样？这身打扮就像个扯线的木偶。”

“妈妈，”爸爸的语气似乎在尽量容忍她，“现在不是谈论这些的时候。”

“你穿着军装站在那儿，”奶奶继续说道，“就好像变成了另一个人，甚至不去关心这到底意味着什么，这身军装究竟代表了什么。”

“纳塔莉，我们之前已经讨论过了。”爷爷说。不过，每一个人都知道，只要奶奶有什么话要说，她就一定会说出来，不管别人是不是愿意听。

“是你们讨论过了，马蒂亚斯。”奶奶回道，“你们根本不在乎我的意见，永远都是这样。”

“现在是家庭聚会，妈妈。”爸爸叹了口气，说道，“今天是圣诞节，请不要扫大家的兴。”

“我还记得世界大战刚刚爆发的时候，”爷爷骄傲地说道，他盯着壁炉里的火苗，摇了摇头，“你回家对我们说你参军了，那时候我本以为你会受伤。”

“马蒂亚斯，他的确受了伤。”奶奶说，“你看看他的身体就知道了。”

“再看看现在的你，”爷爷没有理睬奶奶，接着说道，“我真的很骄傲，你能拥有现在的地位，在我们国家经历了种种困难之后，帮助国家夺回荣耀，去惩罚——”

“喂，你知道自己在说什么吗？”奶奶大声说道，“我在想，你们俩到底谁更愚蠢。”

“可是纳塔莉，”妈妈说道，她试图缓和气氛，“难道你不觉得拉尔夫穿着这身新军装很气派吗？”

“气派？”奶奶反问道，身体向前倾，盯着自己的儿媳妇，似乎觉得她丧失了理智，“你刚刚是在说气派吗？傻孩子，你认为看上去气派在这个世界上是很重要的吗？”

“我表演穿的马戏团指挥服，看上去气派吗？”布鲁诺问，因为那晚的聚会上他就穿着这身衣服——红黑相间的马戏团指挥的服装。穿上这身衣服，布鲁诺觉得非常骄傲。不过，他刚说完这句话就后悔了，因为所有的大人都朝着他和格蕾特尔这边看了过来，他们刚刚都忘记了两个孩子还在场。

“孩子们，上楼去。”妈妈立刻说道，“回你们的房间。”

“可我们不想上楼。”格蕾特尔说，“我们不能在楼下玩吗?”

“不能，孩子们。”妈妈坚持道，“上楼，把房门关上。”

“这就是你们这些士兵感兴趣的?”奶奶并没有顾忌两个孩子还在场，“穿着你们气派的军装，外表光鲜地去做各种残暴的事情。我真为你们感到羞耻。可是我觉得这是我的错，拉尔夫，这不是你的错。”

“孩子们，上楼去，马上就去!”妈妈拍着手命令道。于是，两个孩子别无选择，只能照妈妈说的做。

不过，到了楼上之后，他们并没有直接进房间，而是故意关了一下门，人却坐在楼梯上，想要听听大人们在楼下到底说些什么。然而，妈妈和爸爸的声音混在了一起，根本听不清，爷爷的声音也几乎听不见，只有奶奶模糊的声音时不时地传来。最终，在几分钟之后，楼下传来了很响的开门声，两个孩子急匆匆地跑回房间，而奶奶从走廊的衣架上取下了她的外套。

“真是可耻！”奶奶离开前大声说道，“我的儿子是一个——”

“爱国的人。”爸爸喊道。孩子是不能在自己的妈妈说话时打断她的，爸爸可能没有学过这条规矩。

“说得真好啊！”奶奶喊道。“你请来在这个房子里吃饭的那些爱国的人，让我感到恶心。看到你穿着那身军装，我都想把我的眼珠子挖出来！”在冲出屋子之前她又说道，然后她“砰”的一声关上了门。

自那天以后，布鲁诺就很少见到奶奶，在来“赶出去”之前，他甚至没有机会和奶奶道别。布鲁诺很想念奶奶，于是他决定给她写一封信。

这一天，布鲁诺拿着纸和笔坐下来，写了他在这里有多么不开心，他有多么想回到柏林的家。他向奶奶介绍了这儿的房子、花园、挂着牌子的长椅，还有高高的铁丝网、木柱子、带刺铁丝球，还有远处坚硬的地面、小木屋、烟囱，还有那些士兵。不过，他写得最多的是住在铁丝网另一边的那些人，还有他们的条纹衣服和帽子。他还告诉奶奶，他很想念她，最后，他在信的结尾署名“爱你的孙子，布鲁诺”。

· 第九章 ·

曾经的探险

很长一段时间里，布鲁诺在“赶出去”的生活一成不变。

他仍然要忍受格蕾特尔心情不好时的种种恶行。她的心情经常不好，因为她是个不可救药的孩子。

布鲁诺依旧惦记着回到柏林的家，尽管他对那里的印象已经开始变得模糊了。他已经好几周没有给爷爷奶奶写信了，虽然他想过要写，但是并没有坐下来付诸行动。

那些士兵仍然每天在爸爸的书房进进出出，就是那个“绝对的禁区”。科特勒中尉仍然穿着黑靴子走来走去，似乎这个世界上没有比他更加重要的人了。他如果不是和爸爸在一起，那就是站在走廊里和格蕾特尔聊天，格蕾特尔会肆无忌惮地大笑，并且用手指把自己的头发绕成一圈一圈的。有时候，他还会在房间里和妈妈小声地说些什么。

用人们仍然每天过来洗洗刷刷、做饭、清理杂物等等。如果没有人跟他们说话，他们就永远保持沉默。玛丽亚大部分时间仍然在整理东西，她要确保布鲁诺现在不穿的衣服都整齐地放在衣柜里。帕维尔还是每天下午来到家里，削土豆和胡萝卜，然后穿上他的白色外套，在餐桌旁服务。（布鲁诺发现帕维尔会时不时地瞥一眼他的膝盖，因为荡秋千的那次意外，他的膝盖上留下了一块小伤疤。不过他们没有和对方说过一句话。）

后来，生活总算有了些变化。爸爸决定让孩子们重新开始学习，这在布鲁诺看来非常滑稽，因为哪里有学校只教两个学生呢。爸爸和妈妈一致认为，应该请一位家庭教师每天来家里，让孩子们上午和下午都可以学习。几天以后，来了一位李斯特先生，他开着一辆咔咔作响的破车。从那天起，两个孩子又开始上课了。布鲁诺觉得李斯特先生是一个很神秘的人。虽然大部分时候他表现得非常友好，从未像以前柏林的老师那样伸手打他，但是布鲁诺察觉到他的眼神里有一股愤怒，似乎随时都会暴发。

李斯特先生十分推崇历史和地理这两门学科，可布鲁诺偏爱文学和艺术。

“那些东西对你一点用都没有。”老师坚持这么说，“在如今这个年代，懂得社会科学更加重要。”

“在柏林的时候，奶奶总是让我们表演戏剧。”布鲁诺说。

“你的奶奶并不是你的老师，对吧？”李斯特先生问道，“她是你的奶奶。而现在我才是你的老师，所以你应该学习我认为重要的东西，而不是你自己喜欢的东西。”

“可是，难道书籍不重要吗？”布鲁诺问。

“关于客观事物的书当然重要，”李斯特先生解释道，“但不是故事书，那些虚构的书一点意义都没有。你对历史了解多少，年轻人？”（布鲁诺很喜欢李斯特先生称呼他为“年轻人”，就像帕维尔一样；他们不像科特勒中尉那样没有礼貌。）

“我知道我是一九三四年四月十五号出生的——”布鲁诺回答。

“不是你的历史，”李斯特先生打断了他，“不是关于你的个人历史。我是说你知道你是谁吗？你从哪里来？你了解自己的家族血统吗？你了解自己的祖国吗？”

布鲁诺皱起眉想了一会儿，他以为李斯特先生是在问他爸爸有多少土地[①]，不过这一点他并不是很清楚，因为他们在柏林的房子很大、很舒适，但是花园也不是很大。他已经不是小孩子了，所以他知道“赶出去”并不属于他们。“我爸爸没有多少土地。”他终于做出了回答，“不过我知道很多中世纪的故事，我喜欢关于探险的故事。”

李斯特先生气得牙齿咯咯作响，一个劲儿地摇头。“这就是我来这里要改变的现状。”他的语气有些吓人，“我要让你的脑瓜子忘掉那些故事书，多教教你历史，让你改正你犯下的大错。”

布鲁诺点点头，他非常高兴，因为他觉得这么一来他就会知道，为什么他们会被迫离开舒适的家，来到这个可怕的地方——这是他短暂的一生中最大的错误。

几天以后，布鲁诺独自坐在房间里，思考着他在柏林那个家里喜欢做的所有事情有没有哪些是来到“赶出去”之后没有做过的。大多数事情都没有再做过，因为他没有玩伴了，而且格蕾特尔从来也不和他一起玩。不过，他想到了一件他可以独自做的事情，那就是探险，他在柏林的

① 李斯特先生说的是“祖国”(Fatherland)，布鲁诺误以为是“爸爸的土地”。

时候经常探险。

“在我小的时候，”布鲁诺自言自语道，“我很喜欢探险。在柏林的时候，我对一切都很熟悉，就算戴着眼罩我也能找到任何我想找到的东西。可我还没在这儿进行过探险呢，或许现在我可以开始做这件事。”

趁着自己还没有改变主意，布鲁诺跳下床，从衣柜里找出一件外套和一双旧靴子——他觉得一个真正的探险家就该这么穿，然后准备出门了。

这座房子可没有什么值得探险的。毕竟，这里不像柏林的那个家，那里有成百上千个不为人知的角落，以及神秘的小房间，如果算上地下室和顶楼的那个小房间（就是在那里，他可以踮起脚看向窗外），总共有五层呢。可是现在这座房子一点都不适合探险。如果想要探险，就只能去外面。

这几个月来，布鲁诺经常从房间的窗户看向外面，看看花园和挂着牌子的长椅，看看高高的铁丝网和木柱子，还有他在最近给奶奶写的信中提到的一切。他经常看到外面的那些人，那些穿着条纹衣服的各式各样的人，但是他从来没有思考过那些究竟是什么人。

那里就像是一个完全不同的城市，所有人肩并肩地在那里一起生活和工作。他们真的有什么不同吗？那个营地的所有人都一个打扮——相同的条纹衣服和帽子。在他家进进出出的所有人（除了妈妈、格蕾特尔，还有他自己），都穿着各种材质、挂着勋章的军装，他们头上则戴着帽子或是钢盔，胳膊上戴着红黑色袖章，还都背着枪。他们所有人看上去都表情严肃，似乎每个人都肩负着重大责任，不能掉以轻心。

究竟他们有什么不同呢？他默默地思考这个问题。是谁决定了哪些人要穿条纹衣服，哪些人要穿军装呢？

当然，某些时候，这两种人会混在一起。他经常看到，自己这一边的人会到铁丝网的另一边去，他看得出来，这些人执掌着权力。每当这些士兵到了那边，那些穿着条纹衣服的人都会立正站好。有时候，一些人会倒在地上，甚至有些再也没有站起来，直接被其他人抬走了。

这可真有趣，布鲁诺心想，我从没有想过那些是什么人，虽然士兵们经常过去——爸爸有时候也会过去，但是那些人从来没有被邀请到家里来。

有时候——虽然不是很频繁，但确实有过几次——有些士兵会来家里吃晚餐，用人们会拿来很多带泡沫的饮料。格蕾特尔和布鲁诺吃完最后一勺饭，就会被送到楼上的房

间去，接着他们就听见楼下传来一片嘈杂声，甚至还有难听的歌声。爸爸妈妈显然很喜欢邀请这些士兵，这一点布鲁诺看得出来。然而，他们从来没有邀请过那些穿着条纹衣服的人来家里做客。

走出家门，布鲁诺绕到了房子后面，抬头看了看自己房间的窗户，从下面看，这扇窗户其实也不是很高。他想，即便从窗户那边跳下来自己也不会受伤的，不过他也想不出在什么情况下自己会做这样的傻事。除非是房子着了火，他被困在了房间里，但这似乎也有点冒险。

他远远地望向自己的右前方，阳光下，高高的铁丝网似乎没有尽头。这让他非常高兴，因为这意味着前方不知道有什么，他可以走过去探个究竟，这就是真正的探险。（他觉得李斯特先生在历史课上教给他的唯一有用的东西是航海家哥伦布[①]和阿梅里戈·韦斯普奇[②]的传奇经历，布鲁

---

① 哥伦布，探险家、殖民者、航海家。哥伦布并不是第一个到达美洲的欧洲探险家，但哥伦布的航海带来了第一次欧洲与美洲的持续的接触，并且开辟了后来延续几个世纪的欧洲探险和殖民海外领地的大时代，对现代西方世界的历史发展影响巨大。

② 阿梅里戈·韦斯普奇，意大利商人、航海家、探险家和旅行家，美洲是以他的名字命名的。通过他的信件，欧洲人才第一次知道存在一个美洲新大陆。

诺确信自己长大以后会成为像他们一样的人。）

然而，在出发之前，布鲁诺还要先查看一样东西，就是那张长椅。几个月以来，他一直都是从远处观察那张长椅，称它为“挂着牌子的长椅”，但是他并不知道牌子上写了什么。他左右张望了一番，确定周围没有人，才跑了过去，把上面的文字念了出来。那是一块小小的铜牌，布鲁诺轻声念道：

“纪念……”他犹豫了一下，像平常一样结结巴巴地念出了这个名字，“‘赶出去’集中营的落成……一九四〇年六月。”

他伸手摸了摸那块铜牌，感觉冷冰冰的，于是把手指缩了回来，然后深深地吸了一口气，开始了自己探险的旅程。爸爸妈妈曾经无数次叮嘱他不要往那个方向去，不要靠近那道铁丝网和那里的营地，更不要在“赶出去”进行任何探险，然而此时，这些统统被他抛到了脑后。

他把那些叮嘱忘得一干二净。

· 第十章 ·

铁丝网另一边的男孩

布鲁诺沿着铁丝网走了很久，这段路程比他预想的要长得多。铁丝网似乎向前延伸了好几英里。他就这么一直走，当他回过头时，发现他现在居住的那座房子变得越来越小，最终完全消失不见了。在这段旅途中，他没看到任何人，也没发现有门可以走到另一边去，所以他开始有点沮丧，这次的探险可能要以失败告终。事实上，虽然这道铁丝网看上去没有尽头，远处那些小木屋和烟囱也在他身后渐渐消失，但是他和对面的那片开阔地就只隔了这么一层铁丝网而已。

布鲁诺差不多走了一小时，开始感觉肚子有点饿，他觉得今天的探险可以到此结束，应该回去了。然而，就在这时候，一个小圆点出现在远处，他眯着眼想要看清楚那是什么。布鲁诺记得，他在一本书上读到过，当一个人在沙漠中迷路时，因为连续好几天都没有进食和喝水，就会出现幻觉，他会看见美妙的餐馆和巨大的喷泉，但是当他试图过去吃东西或者喝水时，就会发现这一切只是幻觉而已，他面对的只有沙子。布鲁诺心想，自己现在是不是出现了幻觉。

他一边想着，一边朝着那个小圆点走去，越走越近。那个小圆点变成了小斑块，接着变成一个小黑团，没过多久，又变成了一个影子。再走近一些，他发现那不是小圆点，不是小斑块，不是小黑团，也不是影子，而是一个人。

事实上，那是一个小男孩。

布鲁诺读过很多关于探险家的书，这些书告诉他，探险家永远不知道自己会发现什么。大多数时候，探险家会发现一些早已存在却从未被发现的事物，比如说美洲大陆。也有一些时候，他们会发现一些毫无意义的事物，比如橱柜后面的死老鼠。

这个小男孩属于前者。他独自坐在那儿，没有任何人发现他。

随着那个小圆点变成小斑块，接着变成一个小黑团，再变成一个影子，最后变成小男孩，布鲁诺逐渐放慢了脚步。虽然他们之间隔着一道铁丝网，但是他知道，对待陌生人应该谨慎一些。他继续往前走，没过多久他们就面对面了。

“你好。”布鲁诺说。

“你好。”那个小男孩说。

小男孩看上去比布鲁诺小，他坐在地上，脸上带着很悲伤的表情。他也穿着铁丝网另一边的人们都穿着的条纹衣服，头上戴着一顶条纹帽子。他的脚上没有穿鞋袜，所以看上去脏兮兮的。他的手臂上戴着一个有星形图案的袖章。

布鲁诺刚刚走近小男孩的时候，小男孩正盘着腿坐在地上，盯着地上的灰尘。过了一会儿，他抬起头来，布鲁诺才看见他的脸。他的脸长得非常奇怪，皮肤差不多是灰色的，却又不是布鲁诺以前见过的任何一种灰色。他的眼睛很大，瞳孔是焦糖色的，而眼白又显得过于苍白。当小男孩看着布鲁诺时，布鲁诺从小男孩的眼神中只能感受到悲伤。

布鲁诺确定，他还从来没有看到过如此瘦弱、悲伤的男孩，他决定要和这个男孩说说话。

“我正在探险。”布鲁诺说。

“是吗？”小男孩说。

“是的，大概有两小时了。”

严格来说，这不是真的。布鲁诺只探险了一个多小时，不过他认为适当地夸张一点并不是什么不好的事情。这也算不上撒谎，只会显得他更加具有探险精神。

“你发现什么了吗？”男孩问。

“还没有。”

“一点发现都没有吗？”

“好吧，我发现了你。”过了一会儿，布鲁诺说。

布鲁诺盯着眼前的这个男孩，想问问男孩为什么看起来如此悲伤，但是他有些犹豫，因为他觉得这样问太不礼貌。他知道，有时候悲伤的人不希望被问到这个问题，有时候他们会自己说出原因，有时候他们会就这个话题说上几个月。但是现在，布鲁诺认为自己不应该问。在这次的探险中，他已经有了发现，他现在正和铁丝网另一边的人说话，所以他要珍惜这个机会。

他在铁丝网这一边坐了下来，像对面的男孩一样也盘起腿。这时候，他真希望自己带了一些巧克力或者点心在身上，可以和这个男孩分享。

“我住在铁丝网这边的房子里。”布鲁诺说。

“是吗？我有一次看到过那座房子，从很远的地方看见的，但是我没看到你。”

“我的房间在二楼。”布鲁诺说，“从那里我可以看到铁丝网的另一边。对了，我叫布鲁诺。”

“我叫什穆埃尔。”小男孩说。

布鲁诺皱了皱眉，他没有听清楚。“你刚刚说你叫什么名字？”布鲁诺问。

“什穆埃尔。”小男孩说，似乎觉得这是世界上最普通的名字，“你刚刚说你叫什么名字？”

“布鲁诺。”他说。

“我从来没有听过这样的名字。”什穆埃尔说。

“我也从来没有听过你这样的名字。”布鲁诺说。“什穆埃尔。”布鲁诺想了想。“什穆埃尔。”他又重复了一遍。“我喜欢你名字的发音，什穆埃尔，听起来像风吹过的声音。”

“布鲁诺。”什穆埃尔开心地点点头说，“嗯，我想我也喜欢你的名字，听起来像有人在搓着自己的胳膊取暖。”

“我以前从来没有碰见过叫什穆埃尔的人。”布鲁诺说。

“铁丝网这一边有好多人叫什穆埃尔。”小男孩说，“可能上百人。我真想有个只属于我自己的名字。”

“我从来没有见过叫布鲁诺的人。”布鲁诺说，“当然，除了我自己。我想我可能是唯一叫布鲁诺的人。”

“那你很幸运。”什穆埃尔说。

“我想我是的。你多大了？”布鲁诺问。

什穆埃尔想了想，然后低头摆弄着自己的手指，似乎在计算。“我九岁了，”他说，“我的生日是一九三四年四月十五号。”

布鲁诺瞪大了眼睛。“你说什么？”

“我说我的生日是一九三四年四月十五号。”

布鲁诺的眼睛瞪得大大的，嘴巴又成了O形。“我真不敢相信。”他说。

“你为什么不相信我？”什穆埃尔问。

“不是，”布鲁诺迅速摇摇头说，“我不是说不相信你，我是说我很惊讶。因为我的生日也是四月十五号，我也出生在一九三四年。我们是同年同月同日生的。”

什穆埃尔想了想说：“那你也是九岁。”

“是的，这不是很奇怪吗？”

“确实很奇怪。”什穆埃尔说，“因为铁丝网这一边有很多个叫什穆埃尔的人，但是我从没有碰见过跟我同一天生日的人。”

“我们就像是双胞胎。”布鲁诺说。

“有点像。”什穆埃尔表示同意。

布鲁诺突然感觉非常开心。他的脑海中闪现出卡尔、丹尼尔和马丁的身影，他们是他一生中最好的朋友，他记得在柏林的时候他们在一起多么开心。但是来到“赶出去”以后，他感觉孤单极了。

“你有很多朋友吗？”布鲁诺问，他把脑袋歪向另一边，等待着答案。

“嗯，是的。”什穆埃尔说，“算是吧。”

布鲁诺皱起眉，他希望什穆埃尔的回答是没有，这样他们就拥有了另一个共同点。“很好的朋友吗？”他问。

“并不是很好。”什穆埃尔说，“我们这边有很多人，有很多跟我差不多大的男孩。我们经常打架，所以我才到这里来，一个人待着。”

“这太不公平了。”布鲁诺说，“我在这边没有人说话，没有人一起玩，而你在那边有那么多朋友，每天都能一起玩好几小时。我要去跟我爸爸说说。”

“你从哪里来？”什穆埃尔问，他眯起眼睛，好奇地盯着布鲁诺看。

“柏林。”

“那是什么地方？”

布鲁诺张开嘴想要回答，可是他发现自己也不是很清楚。“就在德国啊，”他说，“难道你不是德国人吗？”

“不，我是波兰人。”什穆埃尔说。

布鲁诺皱了皱眉，问道：“那你为什么会说德语？”

“因为你用德语向我问好，所以我也用德语回答你。你会说波兰语吗？”

“不会。”布鲁诺说着，难为情地笑了笑，“我还没有见过会说两种语言的人呢，和我一般大的小孩就更不可能会两种语言了。”

“我妈妈是学校的老师，她教了我德语。”什穆埃尔解释道，“她还会说法语、意大利语，还有英语。她很聪明。我现在还不会说法语和意大利语，不过她说她会教我英语，因为我可能需要用到英语。”

“波兰，”布鲁诺若有所思地说道，他在用舌头练习这个词的发音，“没有德国好，对吗？”

什穆埃尔皱了皱眉。“为什么没有德国好？”他问道。

“因为德国是世界上最伟大的国家。”布鲁诺说，他想到爸爸和爷爷不止一次说过这样的话，“我们的国家是最强大的。”

什穆埃尔盯着他，但是什么也没有说。布鲁诺很想转移话题，因为虽然他说了刚才那番话，可他并不认为那就完全是对的，而且他非常不愿意让什穆埃尔觉得自己不友好。

“波兰在哪里？”他们各自沉默了几分钟后，布鲁诺问道。

“在欧洲。”什穆埃尔说。

李斯特先生最近在地理课上讲到过一些国家，布鲁诺这会儿正在努力地回忆着。“你听说过丹麦吗？”他问。

“没有。”什穆埃尔说。

“我觉得波兰应该就在丹麦。”布鲁诺说，他想自作聪明，可是越说越糊涂了，“因为丹麦就在很多英里以外的地方。”

什穆埃尔盯着他看了一会儿，两次张开嘴巴却又都闭上了，似乎在仔细思考布鲁诺的话。“可是这里就是波兰。”他最后说。

“真的吗？”布鲁诺问。

“是的。丹麦可能距离波兰和德国都非常远吧。”

布鲁诺皱起了眉，这些国家他都听说过，但是现在他脑子里一团乱麻。“对，没错。”他说，“但是它们都是有关系的，对吧？我是说在距离上。”他希望可以快点结束这个话题，因为他开始觉得自己完全错了，并且暗自下了决心，以后一定要好好上地理课。

“我从没去过柏林。”什穆埃尔说。

“我想，在来到这儿之前，我也没有去过波兰。”布鲁诺说，这倒是事实，因为他以前确实没有去过波兰，“是这样的，如果这里真的是波兰的话。”

“我确定，这里就是波兰，”什穆埃尔平静地说道，“虽然这里不是很漂亮。”

“确实不漂亮。”

“我以前住的地方比这儿漂亮多了。”

“肯定没有柏林漂亮。”布鲁诺说，“在柏林，我们家有一座大房子，算上地下室和顶楼带窗户的小房间，一共有五层楼。那里还有漂亮的街道、商店、果蔬摊，还有许多咖啡馆。如果你要去市区逛街，千万别在周六的下午去，那时候人太多了，以前可没有那么多人。”

“什么意思？”什穆埃尔问。

“过去那里很冷清。”布鲁诺解释道，他不大喜欢谈论这些变化，“以前我可以在床上看书，但是现在那里变得很嘈杂，还挺吓人的，到了晚上，我们得关掉所有的灯。”

“我以前生活的地方比柏林漂亮得多。”什穆埃尔说，尽管他从未去过柏林，“那里所有的人都非常友好，我们家有许多人，吃得也非常好。”

“嗯，让我们保留各自的意见吧。”布鲁诺说，他不想再和自己的新朋友争论。

“好吧。”什穆埃尔说。

“你喜欢探险吗？”过了一会儿，布鲁诺问道。

“我从没探险过。”什穆埃尔承认。

“等我长大了，我要当一名探险家。”布鲁诺说着，快速地点了点头，“现在，我要多看一些关于探险家的书，这样等我成了探险家，就能避免犯他们犯过的错误了。”

什穆埃尔皱了皱眉。“什么错误？”

“各种各样的错误。”布鲁诺解释道，“要当一名探险家，必须知道你发现的东西是不是有价值。有些东西早已存在，却从未被发现，比如美洲大陆；还有些东西就算被发现了也没有任何意义，比如橱柜后面的死老鼠。”

“我想我属于前一种。”什穆埃尔说。

“对。”布鲁诺答道，“我觉得你是前一种。”“我可以问你个问题吗？”过了一会儿他又说。

“可以。”什穆埃尔说。

布鲁诺想了一会儿，他不希望表现得不礼貌。

“为什么铁丝网那边有这么多人？”布鲁诺问，“你们在那儿做什么？”

· 第十一章 ·

“圆叟”

几个月以前，也就是在布鲁诺看见玛丽亚收拾他的东西之前，爸爸刚刚拿到他的新军装，这意味着所有人都要叫他“司令官”了。有一天晚上，爸爸无比兴奋地回到家里，简直像变了一个人似的，一头冲进了客厅，当时妈妈、布鲁诺和格蕾特尔正坐在那儿看书。

“周四晚上，”他宣布，“不管我们周四晚上有什么安排，全都取消。”

“要取消就取消你的安排好了。”妈妈说，“我要去剧院，我已经约了——”

“‘圆叟’要和我商量一些事情。”爸爸说，他是唯一可以打断妈妈的人，“今天下午我接到了电话通知，他只有周四晚上有时间，他提出要来我们家里吃晚餐。”

妈妈瞪大了双眼，她的嘴巴张成了O形。布鲁诺盯着妈妈看，他想要知道自己对某件事情感到震惊时是不是也这副模样。

“你说的是真的吗?”妈妈说，她的脸色变得有些苍白，“他要来这儿? 到我们家来?”

爸爸点了点头。“七点钟。”他说，“我们最好考虑一下该怎么让这顿晚餐特别一些。”

“哦，我的天哪。”妈妈说着，飞快地转动眼睛考虑所有需要准备的事情。

“‘圆叟’是谁?”布鲁诺问。

“你的发音不对。”爸爸说，然后他又对布鲁诺说了一遍正确的发音。

“‘圆叟’。”布鲁诺跟着念了一遍，他想要说对，可还是错了。

“不对，”爸爸说，“应该是——唉，就这样吧!”

“可他到底是谁呢?”布鲁诺又问。

爸爸盯着布鲁诺，他感到十分惊讶。“你应该知道‘圆叟’是谁。”他说。

“我不知道。”布鲁诺说。

“他管理着整个国家，笨蛋。”格蕾特尔说，她就像所有的姐姐一样炫耀着自己知道的一切（正是这种行为让她变成了“不可救药的孩子”），“你从来都不看报纸吗？”

“别说你弟弟是笨蛋！”妈妈说。

“那我可以叫他傻瓜吗？”

“这也不是我希望听到的。”

格蕾特尔失望地坐了下来，但她还是冲着布鲁诺吐了吐舌头。

“他是一个人来吗？”妈妈问。

“我忘了问这个。”爸爸说，“不过我认为他会带‘她’一起来。”

“哦，天哪。”妈妈的语气又不淡定了。她站起身来，脑中细数着周四之前她需要完成的所有事情，留给她的时间只有两个晚上了。屋子必须全部打扫一遍，所有的窗户得擦得干干净净，餐桌要重新油漆，还要预备食物，女佣和管家的制服要洗净熨好，碗碟和玻璃杯都要擦得雪亮。

尽管妈妈的清单变得越来越长，但她还是及时地做完了所有事情，不过她也一再抱怨说，如果某人能够帮她分担一点事情，那么这顿晚宴一定会筹备得更加成功。

距离“圆叟”约定到来的时间还有一小时，格蕾特尔和布鲁诺就被叫到了楼下，他们还破天荒地被带到了爸爸的书房。格蕾特尔穿了一条白色的裙子，还有及膝的长袜，她的头发也被烫了卷。布鲁诺穿着一条深色的短裤、一件白色的衬衫，还打了条深棕色的领带。因为要出席今天这么重要的场合，他还得到了一双新鞋，尽管鞋子有点小，把他的脚勒得紧紧的，走路都有些困难，可他还是感觉十分骄傲。所有的这些准备工作和漂亮衣服都似乎有些过于奢华了，因为布鲁诺和格蕾特尔并不会和大人们共进晚餐，他们一小时前就已经吃过了。

“孩子们，”爸爸坐在书桌后面说道，他的视线在面前的儿子和女儿身上来来回回地移动，“你们知道我们将迎来一个非常特别的夜晚，对吧？”

两个孩子点了点头。

“如果今晚一切顺利的话，对我的事业将会非常有帮助。”

他们又点了点头。

“那么现在我们得先定下一些规矩。”爸爸坚信，没有规矩，不成方圆。每当家里有什么特殊或是重要的事情，他就会定出更多的规矩。

“第一条，”爸爸说，“当‘圆叟’到来的时候，你们必须安静地站在大厅里，并准备欢迎他。你们不能先开口说话，直到他跟你们说话，你们才能回答，口齿要清楚一些，说的每一个词都要准确。明白了吗？”

“是的，爸爸。”布鲁诺嘟哝着回答。

“这不是我们该有的说话方式，”爸爸说，他指的是说话嘟哝，“你要像成年人一样张大嘴巴说话。你们绝不能表现得像小孩子一样。如果‘圆叟’没有理睬你们，那你们什么都不要说，但你们要注视着他，表现出你们对这样伟大的人物应有的尊敬和拥戴。”

“没问题，爸爸。”格蕾特尔用非常清晰响亮的声音回答。

“还有，当妈妈和我陪‘圆叟’一起用餐时，你们都要安静地待在房间里。不许到处乱跑，不许从楼梯扶手上滑下来。”说到这儿，爸爸特意看了布鲁诺一眼，“你们也不能打搅我们，明白吗？我不希望你们惹出任何麻烦。”

布鲁诺和格蕾特尔点了点头。爸爸站了起来，示意这次会议结束了。

“从现在开始，我们就要遵守这些规定了。”爸爸说。

四十五分钟过后，门铃响了，整个家里一下子充满了激动的气氛。布鲁诺和格蕾特尔肩并肩站在楼梯旁，妈妈站在他们身边，双手紧张地握在一起。爸爸快速地瞥了他们一眼，然后点点头，看来他对眼前的一切非常满意，随后他打开了门。

门外站着两个人：一位非常矮小的男士和一位身材高挑的女士。

爸爸朝他们敬了个礼，然后邀请他们进屋。玛丽亚的头比平时更低了，她接过客人们的外套，随后，爸爸开始介绍自己的家人。客人们首先问候了妈妈，这让布鲁诺有机会仔细端详他们，看看他们是不是值得一家人大费周折。

“圆叟”比爸爸要矮得多，而且布鲁诺认为他也不够健壮。他的一头黑发剪得很短，还留着一撮小胡子——这一撮胡子实在是少之又少，布鲁诺甚至怀疑它没有存在的必要，或者是“圆叟”在刮胡子时遗漏了这一小撮。不过，他身边的那位女士是布鲁诺这一生见过的最美的女人，她有着金黄的头发、红润的嘴唇。当“圆叟”和妈妈说话时，她转身面带微笑地看了看布鲁诺，这让布鲁诺有些不好意思，脸都红了。

“‘圆叟’，这是我的孩子，”爸爸说，这时，格蕾特尔和布鲁诺向前迈了一小步，“格蕾特尔和布鲁诺。”

“你们谁是格蕾特尔，谁是布鲁诺？”“圆叟”问道。这句话把每个人都逗笑了，只有布鲁诺例外，他想这实在太

明显了，根本没什么好笑的。“圆叟”伸出手来，和他们一一握手，格蕾特尔小心翼翼地行了一个之前练习过的屈膝礼。布鲁诺看到她行礼时差点摔倒，心里乐坏了。

“多可爱的孩子！”美丽的金发女士说道，“我可以问问他们多大了吗？”

“我十二岁了，他只有九岁。”格蕾特尔说，又有些轻蔑地看了看自己的弟弟。“我还会说法语。”她又说。严格来说，她的话并不可信，因为她只在学校里学了几个短语。

“是吗？可是你为什么要学法语呢？”“圆叟”问道。这一次没有人笑，相反，大家都变得很紧张。格蕾特尔看着他，不知道自己该不该回答。

不过尴尬的气氛很快就被打破了，这位“圆叟”大人——布鲁诺见过的最无礼的客人，转身径直走进了餐厅，什么也没说，一下坐在了餐桌的主位上，那可是爸爸的位置！爸爸妈妈有些不安地跟着他走了进去，妈妈示意拉尔斯可以热汤了。

“我也会说法语。”那位美丽的金发女士说，她弯下腰冲两个孩子笑了笑。她看起来没有像爸爸妈妈那样被“圆叟”吓到。“法语是一门很美的语言，你能学会，真聪明！”

“埃娃。”“圆叟”在餐厅里大声叫她，还打了个响指，好像她是一只小狗。女士的眼睛转了转，然后她慢慢地站起来，转过身去。

“我喜欢你的鞋子，布鲁诺，不过这双鞋看起来有点紧。”她又微笑着说，“如果真是这样的，你要告诉你的妈妈，不然会把你的脚勒坏的。”

“只是有一点点紧。”布鲁诺说。

“我平时并不烫鬈发。”格蕾特尔说，她有些嫉妒弟弟吸引了客人的注意。

“为什么不烫呢?”女士问，“这样很漂亮。”

“埃娃!”“圆叟”第二次大声叫她，现在她要离开这两个孩子了。

“很高兴认识你们俩。”她说着，迈步走进了餐厅，然后坐在了“圆叟”左边的位子上。格蕾特尔走向了楼梯，而布鲁诺还留在原地，他注视着这位金发女士，直到她也看见了布鲁诺，并向他挥了挥手。就在这时，爸爸出现了，他一下关上了门。布鲁诺这才想起来他应该回自己的房间了，要安静地坐着，不能发出任何噪声，当然，他也不能顺着楼梯扶手滑下来。

“圆叟”和埃娃待了两小时，格蕾特尔和布鲁诺并没有被叫下楼向他们道别。布鲁诺从房间的窗户看着他们离开，他注意到他们的车上还有一个司机，当他们走向车时，“圆叟”并没有为自己的女伴开门，他只顾自己一头扎进车里，然后拿起一份报纸开始看，而那位女士在向妈妈道别，并感谢妈妈准备的这顿美餐。

多可怕的男人啊！布鲁诺暗想。

那天晚上，布鲁诺偷听到了爸爸妈妈的一些谈话。这些只言片语是从爸爸书房门上的钥匙孔或是从门缝底下飘出来的，然后顺着楼梯飘上了楼，又从布鲁诺的房门底下飘了进来。尽管他们的声音非常大，布鲁诺只能断断续续地听清几句。

“……要离开柏林，去那样一个地方……”妈妈说。

“……别无选择，如果我们想继续下去，就只能……”

“……听起来好像合情合理，但并不是，这不是……”妈妈说。

“……这样一来，我会被抓走，然后被当作……”爸爸说。

“……要让他们在那样的地方成长……”妈妈说。

“……别再说这个问题了。我不想再听到你反对这件事……”爸爸说。

这场谈话大概就这么结束了，因为妈妈离开了爸爸的书房，然后布鲁诺就睡着了。

几天以后，他从学校回到家，就发现玛丽亚站在他的房间里，把他所有的东西都从衣柜里拿了出来，然后装进四个大木箱子里，就连那些他藏在衣柜后面、不为人知的东西也不例外。这就是我们这个故事的开始。

· 第十二章 ·

什穆埃尔的答案

"我只知道，"什穆埃尔说，"来这儿之前，我和爸爸、妈妈、哥哥约瑟夫住在一家商店楼上的小公寓里，爸爸就在那家店里做手表方面的活儿。每天早晨七点钟，吃完早餐，我和哥哥去上学，爸爸修理客人带来的手表，也制作一些新的手表。我有过一只很漂亮的手表，就是爸爸送给我的，但是现在已经不属于我了。那只表的表盘是金色的，每天晚上睡觉前我都要给它拧紧发条，所以表上的时间永远是准的。"

"那只表去哪儿了？"布鲁诺问。

"被他们拿走了。"什穆埃尔说。

"什么人？"

“就是那些士兵啊。”什穆埃尔回答，好像这是世界上最平常的事情。

“后来有一天，所有的事情都变了。”他又继续说，“我放学回到家，看见妈妈正在给我们做袖章，她用的那块布看起来很特别，而且每个袖章上面都绣着一颗星，就像这样的。”说着，他用手指在身下的泥土地上画了一个图案。

“每次我们离开家的时候，她都让我们戴上袖章。”

“我的爸爸也戴着一个这样的袖章。”布鲁诺说，“他戴在军装袖子上，看起来很漂亮。鲜红色的布上搭配着黑白相间的图案。”他也用手指在铁丝网另一边的泥土地上画了一个图案。

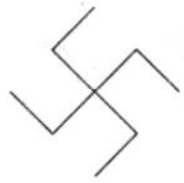

“嗯，不过这两个图案不一样，不是吗?”什穆埃尔说。

“从来没有人给过我袖章。”布鲁诺说。

“但是我自己从来没想要戴袖章。”什穆埃尔说。

“不管怎么说，”布鲁诺说，“我觉得我想要一个袖章。不过我不知道我更喜欢哪一个，像你那样的还是像我爸爸那样的。”

什穆埃尔摇了摇头，继续讲他的故事。其实他不大愿意再想起这些事情，因为每当回忆自己过去的生活，他就会感到很悲伤。

“那些袖章我们戴了几个月，”他说，“可是事情又变了。有一天，我回到家，妈妈说我们不能再住在自己的家里了——”

“我也遇到了这样的事情！”布鲁诺大声说道，他感到有些欣慰，原来他不是唯一被迫离开家的孩子。“‘圆叟’来我们家吃了顿晚餐，然后我们就搬到了这里。我讨厌这里。”他又大声地说。“他也去你们家吃晚餐了吗？”

“没有，他们只告诉我们不能再住在自己的家里，要搬到克拉科夫[①]的另一个地方，那儿的士兵建造了一道很高的围墙，爸爸、妈妈、哥哥和我只能住在一个房间里。”

“你们所有人？”布鲁诺问，“挤在一个房间里？”

“不仅是我们一家。”什穆埃尔说，“那儿还有一家人，

① 克拉科夫，波兰共和国小波兰省首府，位于维斯瓦河上游两岸，距波兰首都华沙市约 280 公里，是中欧最古老的城市之一。1320~1609 年为波兰首都。

他们家的爸爸妈妈总是打架，他们有一个儿子比我大，尽管我什么坏事都没做，他也会打我。”

“你们怎么可能都住在一个房间？”布鲁诺问道，摇了摇头，“这是没有道理的。”

“我们所有人都住在一起。”什穆埃尔说着，点了点头，“总共有十一个人。”

布鲁诺张大了嘴巴，想要再次反驳什穆埃尔——他根本不相信十一个人可以住在同一个房间里，不过他最终还是改变主意了。

“我们在那儿住了几个月。”什穆埃尔接着说，“我们所有人都住在一个房间。那里只有一扇很小的窗户，但是我不喜欢从窗户看外面，因为我只能看见外面那道墙，我讨厌那道墙，因为我们真正的家就在墙的另一边。我们所在的这一边是这个镇上比较差的地带，这里总是很吵闹，人根本没办法睡觉。我还讨厌卢卡，就是经常打我的那个男孩，可我什么坏事都没干。”

“格蕾特尔有时候也会打我。”布鲁诺说，“她是我的姐姐。”他又说，“她是一个‘不可救药的孩子’。但是很快我就会长得比她高、比她强壮，那时候她就不敢再欺负我了。”

“后来有一天，士兵们开来了许多大卡车。”什穆埃尔继续说，他似乎对格蕾特尔的事毫无兴趣，“他们让所有人离开那些房子。许多人不愿意离开，四处躲藏，但是我知道，士兵们把那些人都抓了出来。那些卡车把我们带到了一列火车上，然后火车……”他犹豫了一会儿，咬了咬嘴唇。布鲁诺感觉什穆埃尔就要哭了，但是布鲁诺不知道这是为什么。

“火车上糟糕透了。”什穆埃尔说，“车厢里挤满了人，而且根本无法呼吸，空气简直让人受不了。”

“那是因为你们都挤在了一列火车上。”布鲁诺说，他想起了自己离开柏林时，在火车站看见的两列火车，“我们来这儿时，站台的另一边还停着一列火车，但是好像没人看见它。我们就是坐那一列火车来的，你们也应该上那一列火车。”

“我想他们不会允许我们上去的。”什穆埃尔说着，摇了摇头，“我们不能走出所在的车厢。”

“门就在车厢的尽头。”布鲁诺解释说。

“根本没有什么门。”什穆埃尔说。

“当然有门。”布鲁诺叹了口气说。“就在车厢尽头。”他又说了一遍。“过了餐车就是门。”

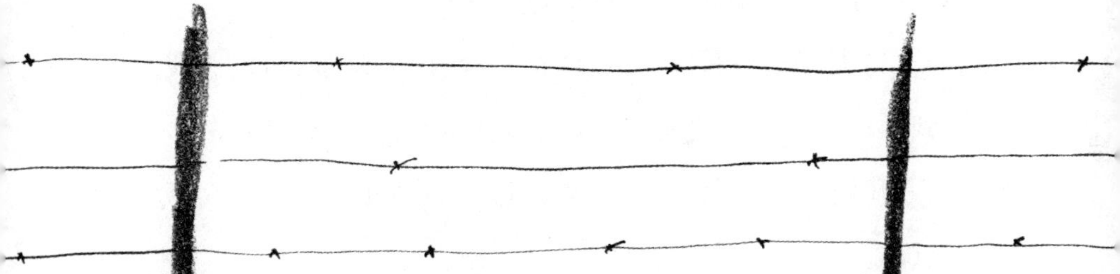

“根本没有什么门。”什穆埃尔坚持道，“如果有门的话，我们都会下车的。”

布鲁诺仍然小声嘟哝了一句“当然有门”，但是由于他的声音很小，什穆埃尔并没有听见。

“当火车最终停下来的时候，”什穆埃尔继续说，“我们到了一个非常冷的地方，只能靠走路到这儿来。”

“我们有一辆汽车。”布鲁诺说，这会儿他的声音大了一点。

“妈妈被他们带走了，爸爸、约瑟夫和我被关进了那边的小木屋，我们就住在那儿，一直到现在。”

当什穆埃尔说起这个故事的时候，他看起来很悲伤，然而布鲁诺并不知道这是为什么。对布鲁诺来说，这并不是什么可怕的事情，毕竟他已经经历了许多这样的事情。

“那里还有其他孩子吗？”布鲁诺问。

“还有几百个。”什穆埃尔说。

布鲁诺瞪大了双眼。“还有几百个？”他惊讶地说，“这一点也不公平。我这边连一个可以和我一块儿玩的人都没有。一个都没有。”

“我们不玩。”什穆埃尔说。

“不玩？为什么不玩？”

“我们能玩什么呢?”什穆埃尔问，他看起来对这个问题很困惑。

“这我可说不清楚。”布鲁诺说，“可以玩的有很多啊。比如说踢足球，或者探险。在你们那边探险怎么样?好玩吗?”

什穆埃尔摇了摇头，没有回答。他扭头看了看身后的小木屋，然后又看向布鲁诺。他不想再继续回答了，但是他的胃疼了起来，这让他不得不开口。

“你身上带什么吃的了吗?”他问。

“好像没有。”布鲁诺说，“我本来想带点巧克力，但是我忘了。”

“巧克力?”什穆埃尔慢慢地说道，他的舌头从牙齿后面舔了出来，“我只吃过一次巧克力。”

“只有一次吗?我喜欢吃巧克力。不过我弄不到多少，妈妈说吃多了会有蛀牙。”

“你没有面包吗?”

布鲁诺摇了摇头。“我身上什么都没有。”他说，“晚餐要等到六点半。你们什么时候吃晚餐?”

什穆埃尔耸了耸肩膀，低头看着自己的双脚。“我想我得回去了。”他说。

“或许哪天你可以过来和我们一起吃晚餐。”布鲁诺说，尽管他并不确定这是不是一个好主意。

“或许吧。”什穆埃尔说，从他的声音可以听出来他不怎么相信。

“或者我可以来和你们一起吃。”布鲁诺说。“或许我可以来见见你的朋友们。”他又满怀希望地说。他原本希望什穆埃尔会向他发出邀请，但是他没有等到任何这样的信号。

“可是你不在我们这一边。”什穆埃尔说。

“我可以从下面爬过去。”布鲁诺说。他俯下身体，把铁丝网拽离了地面。两根木柱子中间部分的铁丝网很容易就能被拽起来，像布鲁诺这种身材的小孩可以轻轻松松地从下面钻过去。

什穆埃尔看到布鲁诺的举动，紧张地往后退。“我得回去了。”他说。

“那改天下午再见吧！”布鲁诺说。

“我不该来这儿的。要是他们抓住我，那可就麻烦了。”

什穆埃尔转身走开了，布鲁诺又一次留意到自己的这位新朋友是多么矮小、瘦弱。对于这一点他只字不提，因为他十分清楚，评论别人的身高这样愚蠢的举动会让对方很不愉快，他最不希望做的事情就是让什穆埃尔觉得他不友好。

“我明天还会来的。”布鲁诺大声地对正在离开的什穆埃尔说，但是什穆埃尔没有任何回应。事实上，他已经开始往营地跑了，只留下布鲁诺独自在那儿。

布鲁诺认为今天的探险大有收获，回家的路上他很兴奋，迫不及待地要把这一切告诉爸爸、妈妈，还有格蕾特尔——她一定很嫉妒，甚至有可能会发脾气。还有玛丽亚、库克和拉尔斯，跟他们也要说说自己今天下午的探险经历，还有这个名字非常有趣的新朋友，还有他们是同年同月同日生的。可是离家越近，他越是觉得这样做可能不好。

他仔细想了想，毕竟他们可能不会让自己和什穆埃尔交朋友，这样一来，他们就不会再允许他出门。他经过前门，闻到了炉子上为晚餐准备的烤牛肉的香味，而这时候他已经决定暂时把这段经历埋藏在心里，一个字也不对外吐露。这是他的秘密，是他和什穆埃尔两个人的秘密。

布鲁诺认为有些事情只要不让爸爸妈妈知道，尤其是不让姐姐知道，就不会有麻烦。

· 第十三章 ·

一瓶酒导致的悲剧

时间一周接着一周地过去，布鲁诺越来越清楚，在可预见的未来，他无法回到柏林的那个家了，他只能忘掉那个舒适的家里可以滑行的楼梯扶手，而且短期之内他也不可能见到卡尔、丹尼尔或是马丁了。

然而，他也一天天地适应了“赶出去”，不再对自己的新生活感到不快乐。毕竟，他不再连个说话的人都没有了。每天下午上完课，布鲁诺都会沿着铁丝网走上很长一段路，然后坐着和他的新朋友什穆埃尔聊天，直到天色晚了，他才回家。要知道，原本这些时间他都是用来想念柏林的。

一天下午，当他从厨房的冰箱里拿出面包和奶酪，正往口袋里塞的时候，玛丽亚走了进来，她停住脚步，直盯着布鲁诺。

“嘿。”布鲁诺说，他尽量装作很镇静，“你吓了我一跳，我都没听见你走过来的声音。”

“你该不会又要吃东西了吧？”玛丽亚微笑着问，“你已经吃过午饭了，不是吗？你还饿吗？”

“有一点。”布鲁诺说，“我要出去走走，我想路上我可能会饿。”

玛丽亚耸了耸肩，然后走到炉子旁，把一锅水放在那儿烧。灶台那边还放着一堆土豆和胡萝卜，等待着帕维尔下午过来削。布鲁诺正准备离开，可看到这些蔬菜时，他突然想到一个困扰他已久的问题。之前他一直没有人可以问，现在似乎是一个不错的机会，而且还有一个合适的人。

“玛丽亚，”布鲁诺说，“我能问你个问题吗？”

女佣转过身，有些惊讶地看着他。“当然可以，布鲁诺少爷。”她说。

“我问你的这个问题，你能保证不跟别人说吗？”

她疑惑地眯起眼睛，不过还是点了点头。“好吧，”她说，“你想要问什么？”

“是关于帕维尔的事。”布鲁诺说，“你认识他，对吗？

就是来这儿清理蔬菜、在餐桌旁服务的那个人。”

“哦，我知道。”玛丽亚微笑着说。她的声音听起来有些释然，看来布鲁诺的这个问题并不怎么让她为难。“我知道帕维尔，我们经常聊天，你怎么会问起他？”

“哦。”布鲁诺说。他小心翼翼地组织自己的语言，生怕说出什么不该说的话。“我们刚搬来的时候，我在橡树上做了个秋千，还从上面掉下来摔伤了膝盖，你还记得吗？”

“记得。”玛丽亚说，“你后来没有再摔伤吧？”

“没有，我要说的不是这个。”布鲁诺说，“我受伤的时候，帕维尔是我身边唯一的大人，他把我带到这儿，帮我清洗了伤口，还给我抹了绿色的药水。虽然很疼，但是我想那个药水会让我的伤口快点好起来，后来他还帮我包扎了伤口。”

“任何人都会这样给受伤的人包扎伤口的。”玛丽亚说。

“我知道。”布鲁诺接着说，“可是那天他告诉我他其实根本不是个侍者。”

玛丽亚的脸僵住了，她一时间说不出话来。她扭头看向别处，舔了舔嘴唇，随后又点了点头。“他说他原本是干什么的了吗？”

“他说他以前是个医生。”布鲁诺说，“这一点都不可信，他不是个医生，对吧？”

“对的。”玛丽亚说着，点了点头，“他不是个医生。他就是个侍者。”

“我知道。”布鲁诺说，他心里感到有些得意，“那他为什么对我说谎呢？这样做一点意义都没有。”

“帕维尔只是不再是医生了，布鲁诺。”玛丽亚小声说道，“但他曾经是。那时他过着另一种生活，就在他来这儿之前。”

布鲁诺皱了皱眉，思索着这件事。“我不明白。”他说。

“我们大部分人都想不明白。”玛丽亚说。

“可如果他以前是个医生，为什么现在不能继续当医生呢？”

玛丽亚叹了口气，然后看向窗外，在确定没有其他人走过来之后，她冲着椅子点了点头，示意布鲁诺和她一起坐下来。

“如果我告诉你帕维尔以前的生活经历，”她说，“你绝对不能告诉任何人——你明白吗？否则，我们都会惹上麻烦的。”

“我绝不告诉任何人。”布鲁诺说。他喜欢听别人的秘密，而且几乎从不会泄露半句，除非是在必要的情况下，也就是他别无选择的时候。

今天布鲁诺到铁丝网前跟什穆埃尔见面的时间比往常晚了一点，不过他的新朋友还是像以前一样，盘腿坐在地上等他。

“对不起，我迟到了。”他说着，把一些面包和奶酪塞到了铁丝网另一边——来的路上他饿了，自己吃了一些，这些是他吃剩下的。“我和玛丽亚说话耽误了点时间。”

“玛丽亚是谁？”什穆埃尔问，然后低着头狼吞虎咽起来。

“她是我们家的女佣，”布鲁诺解释说，“她人很好，不过爸爸觉得她的薪水太高了。她跟我说了帕维尔的事情，就是为我们清理蔬菜，还在餐桌旁为我们服务的人。我想他也住在你们那边。”

什穆埃尔抬起头迟疑了一会儿，他不再只顾着吃东西。“在我们这边？”他问。

“是的。你认识他吗？他很老，总是穿着一件白色夹克在晚餐时为我们服务。你或许见过他。”

“没见过。”什穆埃尔摇摇头说道，“我不认识他。”

“你肯定见过。”布鲁诺有些气恼，好像什穆埃尔是故意不顺着自己说的，“他没有一般大人那么高，头发都白了，还有点驼背。”

“我想你不知道我们这边住了多少人。”什穆埃尔说，“我们这儿有好几千人。”

“他的名字叫帕维尔。”布鲁诺还是不死心，“那天我从秋千上摔下来，是他帮我清洗了伤口，所以我才没有感染，他还在我腿上绑了绷带。我跟你说他的事情，是因为他也是波兰人，就跟你一样。”

“我们这儿大部分是波兰人。”什穆埃尔说，“只有一小部分人来自其他国家，比如说捷克斯洛伐克，还有——”

“哦，可就是因为这样，我才认为你或许认识他。他在家乡的时候，曾是一位医生，但是来这儿之后，他们就不允许他再当医生了。要是爸爸知道是他帮我清理了膝盖的伤口，那可就麻烦了。”

“那些士兵都不愿意让受伤的人好起来。”什穆埃尔说着，吞下了最后一小块面包，“他们都希望情况越来越糟。”

布鲁诺点了点头，尽管他并不完全明白什穆埃尔所说的。接着，他抬头望向了天空。过了一会儿，他又看向铁丝网那边，问了另一个在他心里萦绕了很久的问题。

“你想过长大以后要干什么吗？”他问。

“想过。”什穆埃尔说，“我想要去动物园工作。”

“动物园？”布鲁诺问。

“我喜欢动物。”什穆埃尔小声地说。

“我要当一名士兵。”布鲁诺语气坚定地说，“就像我爸爸一样。”

“我不想当士兵。”什穆埃尔说。

“我说的不是科特勒中尉那样的士兵。”布鲁诺连忙说道，“他那样的士兵只会在别人的家里到处走动，和别人的姐姐说说笑笑，和别人的妈妈说悄悄话，我觉得那不是好士兵。我说的是我爸爸那样的士兵，那样的好士兵。”

“根本没有好士兵。”什穆埃尔说。

“当然有。”布鲁诺说。

“谁？”

“我爸爸就是。”布鲁诺说，“因此他才有一套那么气派的军装，每个人都叫他司令官，遵守他的命令。‘圆叟’把重要的任务交给他，也正是因为他是一名好士兵。”

“根本没有好士兵。”什穆埃尔又说了一遍。

“我爸爸是。”布鲁诺也重复着自己的观点，他希望什穆埃尔不再坚持自己的意见，因为他不想和他争辩，毕竟，什穆埃尔是他在“赶出去”唯一的朋友。但爸爸就是爸爸，他不希望任何人说他爸爸的坏话。

两个男孩共同沉默了几分钟，谁也不想妥协。

“你不知道这里究竟是什么样的。”什穆埃尔终于开口了，他的声音很小，布鲁诺几乎听不见他说的话。

“你没有姐姐，是吧？”布鲁诺马上问什穆埃尔，装作没听见他的话，因为这样自己也就没有必要再和他继续争辩下去了。

“没有。”什穆埃尔说着，摇了摇头。

“你真幸运。”布鲁诺说，“虽然格蕾特尔只有十二岁，但是她觉得自己什么都懂，事实上她是个‘不可救药的孩子’。她只会坐在那儿，盯着窗外看，一看见科特勒中尉，她就跑到楼下的大厅，假装她一直待在那里。有一天刚好被我看见了，科特勒中尉刚进屋，她就欢呼雀跃地说：‘科特勒中尉，你怎么来了？我都不知道呢！’事实上她一直在等着他出现。”

布鲁诺说这些话的时候并没有注意什穆埃尔的反应，当他再次看向什穆埃尔的时候，发现什穆埃尔的脸色比平常更加苍白了。

“怎么了？”布鲁诺问，“你看起来好像要生病了。”

“我不想谈论那个人。”什穆埃尔说。

“谁？”布鲁诺问。

“科特勒中尉。他让我感到害怕。”

“他也让我有点害怕。”布鲁诺坦白道，“他是个恶棍。他身上的气味很怪，全是古龙香水味。”布鲁诺说到这儿，什穆埃尔开始微微发抖，朝四下里张望，好像是靠眼睛来观察天气冷不冷，而不是靠身体去感觉。“怎么了？”布鲁诺问，“天气没那么冷啊，不是吗？你得带上件毛衣穿，知道吗？晚上越来越冷了。”

那天晚上，布鲁诺失望地发现科特勒中尉要和他们一家人共进晚餐。当他们吃晚餐时，帕维尔还是像往常一样穿着白色外套在一旁服务。

布鲁诺看着帕维尔在餐桌旁走动，无论什么时候，帕维尔看起来都很忧伤。布鲁诺在想，他穿的这件白色外套和他以前当医生时穿的白色外套是否一样。他把盘子拿过来，放在每个人的面前。当大家一边用餐一边说话时，他退到墙边，静静地站着，眼神空洞，好像睡着了一样。

“我相信他有他的理由。”爸爸一边说，一边从羊羔腿上割着肉。

“他只让我们学习历史和地理，”布鲁诺说，“我都开

始厌恶历史和地理了。”

“不要说‘厌恶’这个词，布鲁诺。”妈妈说道。

“你为什么厌恶历史？”爸爸问，放下叉子，看向餐桌对面的儿子。布鲁诺耸了耸肩，这是他的一个坏习惯。

“历史太无聊了。”他说。

“无聊？身为我的儿子，竟然说学习历史无聊？我要跟你好好说道说道，布鲁诺。”爸爸身体前倾，把自己的餐刀指向布鲁诺，继续说道，“是历史让我们今天来到了这里。如果不是因为历史，我们现在都不会坐在这张餐桌旁。我们原本可以安安稳稳地待在柏林家里的餐桌旁吃饭。但是，现在我们要在这里改写历史。”

“可历史就是很枯燥。”布鲁诺还是这么说，他根本没有把爸爸的话听进去。

“请原谅我的弟弟，科特勒中尉。”格蕾特尔说。她把一只手摁在了他的胳膊上，这让她的妈妈眯起眼睛，直瞪着她。“他只是个无知的孩子。”

“我才不无知！”布鲁诺叫道，他已经受够了格蕾特尔的欺辱。“请原谅我的姐姐，科特勒中尉。”他又用非常礼貌的口气说，“她只是一个不可救药的孩子。我们都对她束手无策，就连医生都帮不了她。”

“闭嘴。”格蕾特尔说，她的脸都气红了。

“你闭嘴。”布鲁诺得意地笑了起来。

“请注意你们的言辞，孩子们。”妈妈说道。

爸爸用他的餐刀敲了敲桌子，所有人都安静了。布鲁诺朝爸爸瞥了一眼，他的脸上看不出一点怒气，但是他好像实在忍受不了这场争论了。

“我小时候非常喜欢历史。”所有人都沉默了片刻之后，科特勒中尉开口了，“尽管我的父亲是一所大学里的文学教授，但我喜欢的是社会科学，而不是文科。”

“这我可一点都不知道啊，科特。”妈妈说着，转脸端详着他，“你父亲还在教书吗？”

“我想是的。”科特勒中尉说，“我不是特别清楚。”

“你怎么会不清楚呢？”妈妈冲科特勒皱起了眉，“你跟他没有联系吗？”

年轻的中尉咬了一大口羊肉，这让他有了点时间来思考怎么回答这个问题。他看了看布鲁诺，好像后悔提起了这个话题。

“科特，”妈妈又问道，“你跟你父亲没有联系吗？”

“没有。”他毫不在乎地耸了耸肩，并没有转头看向妈妈，“他很多年前就离开德国了。我想他大概是一九三八年离开的。从那时起，我就再也没有见过他。”

爸爸停止了用餐，他盯着科特勒中尉看了一会儿，微微皱起眉。“他去了哪儿？”他问道。

“您说什么，司令官？”科特勒中尉问道，尽管爸爸说的话非常清楚。

“我问你他去了哪儿。”爸爸又说了一遍，“你的父亲，那位文学教授，他离开德国后去了哪儿？”

科特勒中尉的脸红了，他说话开始有点支支吾吾。“我想……我想他现在在瑞士。”他说，“我最近一次听到的有关他的消息是他在伯尔尼的一所大学教书。”

“哦，瑞士确实是个美丽的国家。”妈妈很快回应道，“我还没有去过那里，不过我听说——”

“他应该不是很老吧？我指的是你父亲。”爸爸说，他的声音有些低沉，大家都不说话了，“我想你大概只有……十七岁？还是十八岁？”

“我刚满十九岁，司令官先生。”

“那么我想，你父亲应该是四十岁左右吧？”

科特勒中尉什么话都没说，只是接着吃东西，不过他看起来吃得一点都不香。

“他怎么不选择留在祖国？真奇怪。”爸爸说。

“我的父亲和我关系并不亲密。”科特勒中尉急忙说道，他环顾了餐桌四周，好像他欠所有人一个解释，“是真的，我们好多年没有说过话了。”

“他为什么离开？我可以问一下吗？”爸爸继续说，“在国家最荣耀、最紧要的阶段，在每个人都应当义不容辞地为国家奉献的时候，他为什么选择了离开？他得了肺结核吗？”

科特勒中尉一脸疑惑地看着爸爸。“您能再说一遍吗？”他问。

“他去瑞士，是为了呼吸那里的新鲜空气吗？”爸爸解释说。“还是一九三八年的时候，他有什么特殊的原因，不得不离开德国？”他停顿了一会儿，又说了这么一句。

“这个恐怕我不能回答您，司令官先生。”科特勒中尉说，“您应该去问他。”

“那可就难了，不是吗？我是说，他在那么遥远的地方。或许他是因为生病才离开的。”再次拿起刀叉用餐之前，爸爸犹豫了一下，“又或许他的……立场不同。”

“什么立场，司令官先生？”

“对于政治的立场。我时不时会听到这样的事情。我想，那都是一些偏执的家伙。他们中有的人会扰乱秩序，有的人会叛国，还有一些是懦夫。不过，科特勒中尉，你已经证明你的觉悟高于你的父亲，不是吗？”

年轻的中尉张大了嘴巴，然后做了一个吞咽的动作，尽管这会儿他什么都没吃。

“别放在心上。”爸爸宽慰地说，“这样的话题或许不适合在餐桌上讨论。我们以后可以深入地谈谈。”

“司令官先生，”科特勒中尉身体前倾，焦虑地说，“我向您保证——”

“这样的话题不适合在餐桌上讨论。”爸爸厉声说道，科特勒中尉立刻闭上了嘴。布鲁诺的视线在他们两人身上来来回回，这种气氛让他觉得既有趣，又害怕。

“我非常想去瑞士。”在漫长的沉默之后，格蕾特尔开口了。

“吃你的饭，格蕾特尔。”妈妈说。

“我只是说着玩的！”

“吃你的饭。”妈妈又说了一遍，她还有话要说，但是被爸爸打断了，他又叫帕维尔给他倒酒了。

“你今晚是怎么回事？”当帕维尔又打开一瓶酒时，爸爸说道，“要我叫你才知道过来添酒？这已经是第四次了。”

布鲁诺看着帕维尔，希望他不会有事。帕维尔顺利地拔开了瓶塞，给爸爸斟满了酒，但是当他转身要给科特勒中尉斟酒时，手里的酒瓶突然一滑，摔到了地上，瓶子里的酒“咕嘟咕嘟”地涌到了这个年轻人的腿上。

接下来发生的事情不仅出乎所有人意料，还让人非常不愉快。科特勒中尉对帕维尔大打出手，然而没有一个人阻止他——布鲁诺没有，格蕾特尔没有，妈妈没有，就连爸爸也没有，尽管他们都看不下去了，尽管布鲁诺哭了，尽管格蕾特尔吓得脸都白了。

那天晚上，布鲁诺睡觉的时候，想起了晚餐时发生的一切。他还记得自己做秋千的那个午后，帕维尔对他是那么和蔼，是帕维尔帮他止住了膝盖的血，还轻柔地给他抹上了绿色的药水。布鲁诺意识到，爸爸虽然平时十分善良体贴，却没有阻止科特勒中尉对帕维尔大打出手。如果这样的事情在“赶出去”这个地方是理所当然的，那他最好不要对任何人、任何事提出反对意见。事实上，他能够做的就只有闭上嘴巴，不惹麻烦，因为某人或许不希望看到他有那样的行为。

他过去在柏林的生活似乎已经成了非常遥远的记忆，他甚至都不太记得卡尔、丹尼尔、马丁的样子了，只记得他们中的一个长着生姜似的脑袋。

· 第十四章 ·

完美的谎言

之后的几周，每天当李斯特先生上完课走后、妈妈还在午睡的时候，布鲁诺都会溜出去，然后沿着铁丝网走上很长的一段路，去见什穆埃尔。他几乎每天下午都在老地方等布鲁诺，始终盘腿坐在地上，眼睛盯着身体下方的泥土。

有一天下午，什穆埃尔的眼睛上出现了一大块淤青，当布鲁诺问他怎么回事时，他只是摇着头说他不想谈论这件事。布鲁诺暗想，这世界上真是到处都有恶棍，不仅柏林的学校里有，铁丝网的另一边也有，而且现在竟然有恶棍打了什穆埃尔。布鲁诺心里升起了一股冲动，想要去帮助他的朋友，可他实在不知道自己该怎么做才好，而且他心里明白，什穆埃尔想要装作什么都没发生过。

布鲁诺每天都会问什穆埃尔，他可不可以从铁丝网下面钻过去，这样他们就能一起玩了，但是什穆埃尔每天都说不可以，这样不行。

“我不知道你为什么这么想钻到这边来，”什穆埃尔说，“这边一点都不好。”

“你没有在我家里待过。”布鲁诺说，“首先，它没有五层楼，只有三层。谁愿意住在这么小的地方啊？”他忘了什穆埃尔说过，他们在来到这儿之前，曾经十一个人住在一个房间里，还有那个叫卢卡的男孩总是打他，尽管他什么坏事都没做。

有一天，布鲁诺问什穆埃尔，为什么铁丝网另一边的人都穿着同样的条纹衣服，戴着同样的帽子。

“我们一到这儿，他们就给我们这种衣服穿。”什穆埃尔解释说，“他们把我们的衣服都拿走了。”

“可是你们早上起床的时候，就不想试试别的衣服吗？你们的衣柜里一定还有别的衣服。”

什穆埃尔眨了眨眼睛，然后张开嘴想要说些什么，但最终他什么都没说，而是陷入了沉思。

“我一点都不喜欢条纹。”布鲁诺说，然而他说的并不是实话。事实上，他非常喜欢条纹图案，看着什穆埃尔和他的朋友们每天都穿着条纹衣服，布鲁诺已经开始讨厌自己身上穿的长裤、衬衫，还有对他来说太小的鞋子。

几天之后，布鲁诺醒来发现这里第一次下起了大雨。雨从夜里就开始下了，布鲁诺甚至觉得自己在夜里可能被吵醒过，只是醒来之后他不记得了。当他早上吃早餐的时候，雨还在下。上午李斯特先生上课时，雨同样在下。吃午饭时，雨仍然在下。到了下午上历史课和地理课的时候，雨还是没有停。这对他而言是个坏消息，因为他无法出去和什穆埃尔见面了。

那天下午，布鲁诺躺在床上看书，可是很难集中精神。就在那个时候，那个“不可救药的孩子”进来了。她平时很少进布鲁诺的房间，通常待在自己房间里摆弄她的洋娃娃。然而，糟糕的天气令她厌倦了这个游戏，她不想再玩洋娃娃了。

“你要干什么？”布鲁诺问。

“这就是你问候我的方式？”格蕾特尔说。

“我在看书。”布鲁诺说。

“你在看什么书？”格蕾特尔问他，可是他并没有回答，只是把书的封面递到格蕾特尔面前，让她自己看。

格蕾特尔鄙夷地撇了撇嘴，她的唾沫都溅到布鲁诺脸上了。“真无聊。”她抑扬顿挫地说。

“根本不无聊。”布鲁诺说，“这本书是关于冒险的，比那些洋娃娃有意思多了。这是肯定的。”

格蕾特尔并没太理会布鲁诺的话。“你到底在干什么？”她又问了一遍，这让布鲁诺更生气了。

“我告诉过你了，我要看书。”他气急败坏地说，“我不想被人打扰。”

“我没有事情做。”格蕾特尔又说，“我讨厌下雨天。”

布鲁诺完全不能理解她的话。她好像从来不做任何事情，不像布鲁诺，要去探险，要寻找新的地方，还认识了一个朋友。她几乎不会离开这座房子。现在她觉得无聊，仅仅是因为雨天让出门这件事变成了不可能，而她其实原本就不想出门。当然，这姐弟俩有时候也会偃旗息鼓，像文明人那样聊聊天，而此时此刻，布鲁诺就想进行一次这样的交谈。

“我也讨厌雨天。”他说，“现在我应该跟什穆埃尔在一起。他会以为我把他给忘了。”

一不留神，这些话就从他嘴里溜了出来。他感到胃部一阵刺痛，同时为自己的大意而感到懊恼。

“你应该跟谁在一起？”格蕾特尔问。

“你说什么？”布鲁诺眨着眼睛问她。

“你刚才说你应该跟谁在一起？”她又问了一遍。

“对不起，”布鲁诺一边说，一边急切地想着对策，“我没听见你说的。你能再说一遍吗？”

“你刚才说你应该跟谁在一起？”格蕾特尔身体前倾，大声叫嚷着，这下布鲁诺应该完全听清了。

“我从没说过我应该跟谁在一起。”他说。

“不，你说了。你说那个人会以为你忘了他。”

“你说什么？”

“布鲁诺！”她用威胁的口气叫道。

“你疯了吗？”布鲁诺问。他想让格蕾特尔觉得是她自己听错了，不过他很清楚自己没有奶奶那样的演技。只见格蕾特尔还是摇着头，用手指着他。

“你说什么，布鲁诺？”她又说，“你刚才说你应该跟某个人在一起，他是谁？告诉我！我们在这里没有朋友，不是吗？”

布鲁诺意识到自己现在进退两难。一方面，他的姐姐和他有一个非常重要的共同点：他们都不是大人。他从来都懒得过问她的事，可是他们在“赶出去”都生活得非常孤独。毕竟，在柏林有希尔达、伊索贝尔和路易丝陪她一起玩；尽管她们都是招人烦的女孩，但至少她们是格蕾特尔的朋友。而在这里，她一个朋友也没有，只有那些没有生命的洋娃娃。谁知道格蕾特尔是不是无聊得疯掉了？或许她会以为是那些洋娃娃在跟她说话。

可另一方面，什穆埃尔是他的朋友，而不是格蕾特尔的，这是一个不可否认的事实，而他不想和格蕾特尔分享这个朋友。因此他只有一个选择，那就是说谎。

“我认识了一个新朋友，”他说，“我每天都去见这个新朋友，现在他一定在等我。但是你绝不能告诉任何人。”

“为什么不能？”

“因为他是一个想象中的朋友。”布鲁诺说，他尽量装作有些尴尬的样子，就像科特勒中尉说起他的父亲在瑞士时那样，“我们每天都一起玩。”

格蕾特尔张大嘴巴盯着他，然后大笑起来。“一个想象中的朋友！”她叫道，“你都这么大了，竟然还会想象出一个朋友！”

布鲁诺尽量装作害羞、尴尬的样子，只是为了让自己编的这个故事更加可信。他躺在床上扭动着身体，不去看格蕾特尔的眼睛，这个伎俩让他觉得自己的演技不赖。他还希望能够让自己的脸变红，不过这有些困难，于是他拼命回想着这些年来让他感到尴尬的事情，也不知道这么做能不能奏效。

他想到有一次他上厕所忘了锁门，结果奶奶走了进去，什么都看见了。他还想到了有一次上课时他举手，却把老师叫成了“妈妈”，结果所有人都笑话他。还有一次，他想要在一群女孩面前表演特技，结果却从自行车上摔了下来，磕破了膝盖，疼得他直哭。

这些事当中的某一件事起了作用，他的脸红了。

“你瞧瞧你，”格蕾特尔受骗了，“你的脸都红了。”

“因为我不想告诉你这件事。”布鲁诺说。

“一个想象中的朋友。老实说，布鲁诺，你真是一个不可救药的孩子。”

布鲁诺笑了，原因有两个。第一，他编造的谎言成功了；第二，如果他们俩之间有一个是不可救药的孩子的话，那一定不是他。

“不要再打扰我了，”他说，“我要看书了。”

“你为什么不躺下，闭上眼睛，然后让你想象中的朋友读给你听呢？”格蕾特尔说，现在有机会取笑布鲁诺，她得意极了，才不愿意马上离开，“这样多省事啊！”

“或许我应该让他去把你的洋娃娃都扔到窗户外面去。”他说。

“你如果敢那么做，我就要你好看。”格蕾特尔说，布鲁诺知道她说到做到，“布鲁诺，告诉我，你和这个想象中的朋友在一起时都干些什么？他怎么会这么特别？”

布鲁诺想了想。他觉得可以跟格蕾特尔说一些什穆埃尔的事情，只要不告诉她什穆埃尔是真实存在的就行了。

“我们无话不谈。”他对格蕾特尔说，“我跟他讲了我们在柏林的房子，以及周围其他的房子、街道、果蔬摊和咖啡馆；还有周六下午绝不要去市中心，那里太拥挤了；还有卡尔、丹尼尔和马丁是我一生中最好的朋友。”

“真是有趣。”格蕾特尔讽刺地说。她最近刚刚过了十三岁生日，她觉得讽刺别人是成熟的表现。“他对你说什么了？”

“他对我说了他的家人，还有钟表店，他以前就住在那里，还有在来这儿的路上发生的许多故事，他过去的朋友，在这里认识的人，他还告诉我有些之前和他一起玩的孩子不见了，都没有向他告别。”

“听起来他真像是个开心果啊，”格蕾特尔说，“我真希望他也是我想象中的朋友。”

“昨天，他跟我说，他的爷爷已经消失好几天了，没有人知道他爷爷去了哪儿。每次他去问他爸爸，他爸爸就开始哭，把他抱得紧紧的，他都感觉自己要被憋死了。”

说完这一番话，布鲁诺意识到自己的语气非常冷静。这些都是什穆埃尔跟他说过的事情，不过当时他并不知道他的朋友说这些话时有多么悲伤。现在当他亲口说出来时，他才意识到自己当时的表现实在太糟糕了，他竟然没有说一些话安慰什穆埃尔，反而说了像探险那样的十分可笑的话题。明天我要去向什穆埃尔道歉，他在心里暗暗告诉自己。

“如果爸爸知道你和想象中的朋友说话，你可就麻烦了。”格蕾特尔说，“我觉得你不能再这么做了。”

“为什么？”布鲁诺问道。

“因为这么做不健康。”她说，“这是发疯的早期症状。”

布鲁诺点了点头。“我想我没法停止。”沉默了很长时间后，他说，“我不想停止。”

“好吧，不管怎么样，”格蕾特尔说，此时此刻，她的语气越来越友好了，“如果我是你，我会保守这个秘密。”

“嗯。”布鲁诺说，他故意装作很难过，“或许你是对的。你不会告诉任何人，对吗？”

她摇摇头。“我不会，除了告诉我自己想象中的朋友。”

布鲁诺倒吸了一口气。“你也有一个想象中的朋友？”他问道，同时想象着格蕾特尔在铁丝网附近的另一个地方，和一个与她一般大的朋友聊天，她们待在一起好几小时，互相说着那些讽刺的话。

“没有。”她笑着说，“我的天哪，我已经十三岁啦！我怎么会像个小孩一样呢！”

接着她大步走出房间。布鲁诺可以听到她在自己的房间里和她的洋娃娃说话，责备它们趁她不在时乱成一团，她不得不重新归置它们，还责备它们是不是认为她无事可做了。

“真不听话！”她大声说道，然后开始整理那些洋娃娃。

布鲁诺试着继续看书，但是他的心思此时已经完全不在书上。他看着外面的雨，想要知道什穆埃尔现在在哪里，是不是也在想他，是不是也在回忆他们之间的谈话。

· 第十五章 ·

他不该这么做

雨断断续续地下了几周，布鲁诺和什穆埃尔的见面次数少了很多。每次见面时，布鲁诺都要替他的新朋友担忧，因为他发现什穆埃尔越来越瘦了，脸色也越来越苍白。有时候，他会多带一些面包和奶酪去给什穆埃尔吃。有时候，他还会藏一块巧克力蛋糕在口袋里，但是因为到铁丝网那边的路程实在太远，他走着走着就觉得饿了，吃了一口蛋糕就忍不住吃第二口，接着又吃一口，到最后只剩下一丁点了，他觉得把剩下的一丁点蛋糕留给什穆埃尔是不对的，因为那只会勾起什穆埃尔的食欲，却又无法填饱肚子。

爸爸的生日就快要到了。虽然爸爸说不想大张旗鼓，但是妈妈还是要邀请“赶出去”的所有军官都来参加生日派对，于是就需要准备一大堆东西。每当妈妈坐下来制订派对计划时，科特勒中尉都会在她旁边协助她，导致列出来的清单变得越来越长，远远超过了实际的需求。

布鲁诺决定自己也列一个清单，列出他讨厌科特勒中尉的所有理由。

其中一个理由是，科特勒从不微笑，他似乎永远都在寻找违背他意愿的人，并试图消灭对方。

科特勒很少跟布鲁诺说话，还总爱叫自己“小家伙”，这实在让人讨厌，因为就像妈妈说的那样，布鲁诺只是还没开始长个子罢了。

此外，他还经常在客厅跟妈妈开玩笑，现在他的笑话比爸爸的笑话更能逗乐妈妈。

还有一次，布鲁诺透过房间的窗户望向营地那边，看见一只狗在铁丝网附近乱叫，科特勒中尉听到后，径直走向那只狗，开枪打死了它。此外，只要有他在，格蕾特尔就会凑过去，跟他扯一些废话。

布鲁诺还记得那天晚上，科特勒对帕维尔大打出手。那个可怜的侍者，其实他的真实身份是一位医生。

每当爸爸由于公务去往柏林并且彻夜不归时，科特勒中尉就会在他家里四处走动，好像他才是家里的主人一样。

布鲁诺晚上睡觉前他还没有离开，第二天早晨布鲁诺都没起床，他就又来了。

布鲁诺不喜欢科特勒中尉的理由还有更多，这些只是他暂时能想到的。

生日派对前一天的下午，布鲁诺待在房间里，门敞开着，他听见科特勒中尉来到家里，在跟谁说话，可是听不见任何人回他的话。几分钟之后，布鲁诺下楼时听见妈妈在交代一些事情，接着科特勒中尉说："请不用担心，这家伙知道该把黄油涂在面包的哪一边。"然后他肆无忌惮地大笑起来。

布鲁诺走向客厅，手里还拿着爸爸给他的新书《金银岛》，打算坐在那儿读一两个小时书。可是当他经过走廊时，碰见了从厨房走出来的科特勒中尉。

"你好，小家伙。"科特勒中尉像往常一样拿他寻开心。

"你好。"布鲁诺皱着眉头说。

"你干什么去？"

布鲁诺眼睛盯着他，又想到了七个不喜欢他的理由。"我正要去那儿看我的书。"他指向客厅说。

科特勒一把夺过布鲁诺手里的书，漫不经心地翻阅起来。"《金银岛》。"他念叨着，"这本书讲了什么？"

“讲了一个小岛，”布鲁诺慢吞吞地说，以确保这个士兵听得明白，“上面有很多宝藏。”

“这个我已经猜到了。”科特勒一边说一边看着布鲁诺，好像如果布鲁诺不是司令官的儿子而是他的儿子，他就要教训教训布鲁诺似的，“告诉我一些我不知道的。”

“岛上有一个海盗，”布鲁诺说，“他叫约翰·西尔弗。还有一个男孩，叫吉姆·霍金斯。”

“是个英国男孩？”科特勒问。

“对。”布鲁诺说。

“哼。”科特勒发出轻蔑的声音。

布鲁诺直瞪着他，心想他什么时候才能把书还给自己。他似乎对这本书并没有多大的兴趣，可是当布鲁诺伸手去拿时，他却把书举得高高的。

“抱歉。”他一边说，一边把书递向布鲁诺，可是当布鲁诺再伸出手时，他又一次把书举到了空中。“哦，我很抱歉。”他重复道，接着他再次把书递向布鲁诺。这一次，布鲁诺一下把书抢了过来，没给他变卦的机会。

“你的动作挺快嘛。”科特勒中尉龇着牙说。

布鲁诺想从他身边走开，可不知道为什么，他今天似乎很想和布鲁诺说话。

“准备好参加派对了，是吗？”他问。

“嗯，我早就准备好了。”布鲁诺说，他最近和格雷特尔相处的机会比较多，也学会了说话带点讽刺的口气，“不过你有没有准备好，我可不知道。”

“到时候会来很多客人。”科特勒中尉说道，他的呼吸声有些重，同时环顾着四周，好像这里是他的家，而不是布鲁诺的家，“我们会做得很好，对吗？”

“嗯，我会。”布鲁诺说，“不过我可不知道你会不会。”

“小家伙，你可真会说话。”科特勒中尉说。

布鲁诺眯着眼睛，希望自己变得更高大、更强壮，年龄再大八岁。他的内心有一团怒火，他想鼓起勇气说出心里的话：被爸爸妈妈要求应该怎么做是一回事，因为这是合乎情理的；被其他人要求应该怎么做却是另一回事了，即便这个人拥有“中尉”这样的头衔。

“哦，科特，太好了，你还没走。”妈妈从厨房里走出来说，“我现在刚好有空，如果——噢！”她说着，注意到布鲁诺站在一旁，“布鲁诺！你在这儿做什么？”

“我正要去客厅看书，”布鲁诺说，“至少我希望是这样。”

“嗯，你先去厨房待一会儿，”她说，“我要和科特勒中尉说几句话。”

接着，他们一起走进客厅，科特勒中尉当着布鲁诺的面把门关上了。

布鲁诺怒气冲冲地走进厨房，却看到了他人生中最不可思议的事情。什穆埃尔正坐在桌子旁边，他来到了距离铁丝网那么遥远的地方。布鲁诺简直不敢相信自己的眼睛。

“什穆埃尔！”布鲁诺说，“你在这儿做什么？”

什穆埃尔抬起头，当他看见自己的朋友站在这儿时，惊恐的脸上浮现出一丝灿烂的笑容。“布鲁诺！”他回应道。

“你在这儿做什么？”布鲁诺又问了一遍。虽然他还不太明白铁丝网的另一边是怎么回事，但是他已经意识到，铁丝网另一边的人是不应该出现在他家的。

“他带我来这里的。”什穆埃尔说。

“他？”布鲁诺问，“你说的不会是科特勒中尉吧？”

“就是他，他说这里有一项工作需要我做。”

布鲁诺低下头，看到桌子上的六十四个小玻璃杯，妈妈以前都用这种杯子来喝药用雪利酒。杯子旁还放着一碗热肥皂水和一堆餐巾纸。

“你究竟在这里做什么？”布鲁诺问。

“他们让我擦玻璃杯，”什穆埃尔说，“他们说需要手指头小的人来擦。”

什穆埃尔伸出手来，似乎是为了证实他所说的话。布鲁诺禁不住想到，有一天上人体解剖课，李斯特先生带来的骷髅的手就是这个样子。

“我以前没注意过。”布鲁诺惊讶地说道，就好像是在自言自语。

“没注意过什么？”什穆埃尔问。

布鲁诺也伸出自己的手，他们中指的指尖几乎触碰在了一起。“我们的手，”他说，“完全不一样，你看！”

他们同时低头看去，两只手的区别十分明显。相对于同龄的孩子，布鲁诺身材矮小了一些，而且他一点都不胖，但他的手看上去十分健康，充满了活力。他皮肤下的血管并不突出，手指也不像枯死的小树枝。什穆埃尔的手则完全不同。

“为什么你的手会这样？”布鲁诺问。

“我不知道，”什穆埃尔说，“以前我的手也像你的手一样，可我不知道它什么时候变了。我们那边的人的手都是这样。”

布鲁诺皱了皱眉，他想着穿条纹衣服的那些人，思考那边到底发生了什么事，那里的人们看起来都很不健康，这是不是件糟糕的事情。这几个问题，他怎么也想不明白。为了不再看什穆埃尔的手，布鲁诺转过身去，打开冰箱，在里面寻找吃的东西。冰箱里有中午吃剩的半只鸡，他一看到这半只塞着鼠尾草和洋葱的鸡，两只眼睛就发亮了。他从抽屉里拿出一把刀，切下几片鸡肉，抹上酱汁，转身走向他的朋友。

“我很开心看到你在这儿。”他把嘴巴塞得鼓鼓的，“如果你不用擦这些杯子就好了，那样我就可以带你参观我的房间。”

“他不许我离开这个座位，否则我就会有麻烦。”

“我才不听他的话呢。”布鲁诺说，试图让自己表现得很勇敢，“这儿又不是他的家，而是我的家。爸爸不在家的时候，我是主人。你知道吗，他竟然连《金银岛》都没看过。”

什穆埃尔似乎并没有在听布鲁诺说话，他的眼睛一直注视着布鲁诺不时塞进嘴巴的鸡肉。过了一会儿，布鲁诺才明白什穆埃尔在看什么，立刻感到十分愧疚。

“对不起，什穆埃尔，”他赶紧说道，“我应该分你一些鸡肉的。你饿吗？”

“这还用问？”什穆埃尔说。虽然他没有见过格蕾特尔，但是他也知道怎么用讽刺的口气说话。

“你等着，我给你切几片。”布鲁诺说。接着他打开冰箱，切了三片鸡肉。

“不，如果那个人回来的话——”什穆埃尔说着，迅速地摇了摇头，并且转头看向门外。

“如果谁回来？你是说科特勒中尉？”

“我只是来这儿擦玻璃杯的。”什穆埃尔说，接着他难过地看着自己面前的那碗肥皂水，又看了看布鲁诺递给他的那几片鸡肉。

“他不会介意的。”布鲁诺说，他很困惑为什么什穆埃尔看上去这么不安，“只是吃的东西而已。”

“我不能吃。”什穆埃尔摇了摇头说，看上去似乎要哭了，“他会回来的，我知道他会回来的。”他继续说道，语速也变得很快，“我应该在你刚刚递给我的时候就把它吃掉，可是现在太晚了，如果我吃的话，他就会进来，然后——”

“什穆埃尔，快吃！”布鲁诺说。他走上前去，将几片鸡肉放到他朋友的手中。“吃了吧。还剩下不少呢，够我们吃下午茶了，你不用担心。”

什穆埃尔盯着手里的食物看了一会儿，然后抬起头，用既感激又惊恐的眼神看着布鲁诺。接着他再次向门口瞥了一眼，似乎终于下定了决心，把三片鸡肉同时塞进嘴巴，在不到二十秒的时间里快速吞了下去。

“哎呀，你不用吃得这么快。”布鲁诺说，“你这样吃很容易吐出来的。”

“没关系。”什穆埃尔给了布鲁诺一个淡淡的微笑，“谢谢你，布鲁诺。”

布鲁诺也冲他微笑了一下，正打算再拿一些食物给他的朋友，却发现科特勒中尉又出现在厨房，他看到他们说话了。布鲁诺瞪着科特勒，感觉周围的空气瞬间变得压抑起来，他还注意到什穆埃尔伸手拿起另一个玻璃杯擦洗时，肩膀变得向下倾斜。科特勒中尉没有理睬布鲁诺，而是径直走向什穆埃尔，瞪着他。

“你在干什么？”他喊道，“不是让你把这些玻璃杯擦洗干净吗？”

什穆埃尔迅速点点头，他的身体稍微颤抖了一下，然后拿起另一张餐巾纸，蘸了点水。

“谁允许你在这座房子里说话的？”科特勒继续说道，“你竟敢违抗我的命令？”

“我不敢，先生。”什穆埃尔小声说，“对不起，先生。”

他抬头看向科特勒中尉。科特勒正皱着眉，身体稍稍前倾，仔细观察他的脸。“你偷吃东西了？”科特勒的语气十分平静，平静得似乎连自己都不敢相信。

什穆埃尔摇了摇头。

“你就是偷吃东西了。”科特勒中尉十分肯定地说，“你是从冰箱里偷的？”

什穆埃尔张开嘴巴，然后又闭上，接着又张开，他似乎想要说些什么，不过还是没说。他看着布鲁诺，用眼神向布鲁诺乞求帮助。

“回答我！”科特勒中尉喊道，“你是不是从冰箱里偷东西吃了？”

“没有，先生，是他给我吃的。”什穆埃尔说着，泪水涌了出来。他偷偷瞥了一眼布鲁诺。“他是我的朋友。”他又说道。

“你的……”科特勒中尉一脸困惑地看向布鲁诺，似乎有些犹豫。“你说他是你的朋友？”他问，“布鲁诺，你认识他吗？”

布鲁诺的嘴巴张得大大的，想要如实回答“是”。他从没见过有人像此刻的什穆埃尔这样惊恐不安，他非常想说出真话，好让事情发生转变，可是他意识到自己根本做不到，因为他心里也害怕极了。

“你认识他吗?”科特勒的声音比之前又大了一些，“你刚刚是在跟这个罪犯说话吗?”

“我……我进来的时候他就已经在这儿了。”布鲁诺说，“他在擦玻璃杯。”

“我没问你这个。”科特勒说，“你以前见过他吗? 你有没有和他说过话? 为什么他会说你是他的朋友?”

布鲁诺真希望自己可以马上逃走。他讨厌科特勒，可是科特勒正在步步紧逼。此时，布鲁诺想到，那天下午，他看见科特勒开枪打死了那只狗；还有那天晚上，他那么粗暴地对待帕维尔。

“回答我，布鲁诺!”科特勒喊道，他的脸已经涨得通红，“不要让我问你第三遍。”

“我没和他说过话。”布鲁诺赶紧回答道，“我以前从来没有见过他，我不认识他。”

科特勒中尉点了点头，似乎对这个回答非常满意。他慢慢地转头看向什穆埃尔，而什穆埃尔此时已经停止了哭泣，只是呆呆地盯着地板，似乎在努力劝告自己的灵魂不要再待在这副瘦小的身躯里，快点逃离出去，飘向空中，穿过云层，飞到遥远的地方。

“你先把这些杯子全部擦完。”科特勒中尉的声音很轻，轻到布鲁诺几乎听不见。他刚刚的怒气仿佛已经转变成某种别的东西，他的态度并不是变好了，而是变得更加捉摸不定，更加令人不安。“然后我会来接你，带你回营地。到时候我们来谈谈该怎么处罚偷东西的小孩。听明白了吗？”

什穆埃尔点了点头，他又拿起一张餐巾纸，开始擦另一个玻璃杯。布鲁诺注意到，什穆埃尔的手指在颤抖，他知道什穆埃尔害怕把杯子打碎。布鲁诺的心情很沉重，却不愿意把视线从什穆埃尔身上移开。

“过来，小家伙。”科特勒中尉说着，朝布鲁诺走了过来，非常不友好地把一只手臂搁在他的肩膀上。“去客厅里看你的书，让这个小东西完成他的工作。”他又用了上次吩咐帕维尔搬轮胎时说的那个难听的词。

布鲁诺点了点头，转身离开了厨房，没有再往回看。他的胃里翻腾得厉害，他觉得自己好像生病了。他从来没有感到这么羞愧过，也从来没有想象过自己竟然会这么残忍。他在想，一个自认为是好人的男孩，怎么会在自己的朋友面前表现得如此懦弱。他在客厅里坐了几小时，却无法静下心来看书，他也不敢再回到厨房。直到晚上，科特勒中尉过来把什穆埃尔带走了。

接下来的每天下午，布鲁诺都会去他们平时见面的那个地方，可是什穆埃尔一直没有出现。就这样，差不多一周过去了。布鲁诺确信自己做了一件大错特错的事情，他永远不会被什穆埃尔原谅了。可就在第七天，他欣喜地发现什穆埃尔又在那里等他了。什穆埃尔像往常一样盘着腿，眼睛盯着地上的泥土。

“什穆埃尔。”布鲁诺喊道，他跑到什穆埃尔面前，一屁股坐在地上，都快要哭了。他的心里既释然，又懊悔。“什穆埃尔，我很抱歉，我不知道我为什么会那么做。请你原谅我。”

“没关系。”什穆埃尔说着，抬起头看向布鲁诺。什穆埃尔的脸上有很多淤青。布鲁诺看到后，心里难过极了。在好长一段时间里，他都忘记了自己正在道歉。

“你怎么了？”布鲁诺问，但是还没等什穆埃尔回答，他就自问自答起来，“你是不是骑自行车摔的？因为几年前我在柏林时，就从自行车上摔下来过，我骑得太快了，摔得鼻青脸肿，过了几周才好。你疼吗？”

“已经不疼了。”什穆埃尔说。

“可是看上去很疼。”

“我现在已经没有任何感觉了。”什穆埃尔说。

“上周那件事，我很抱歉。”布鲁诺说，“我讨厌科特勒中尉，他把自己当成主人，可他并不是。”说到这儿，他犹豫了一会儿，觉得自己不应该忘了最重要的事情。他觉得自己应该再次真诚地道歉。“我很抱歉，什穆埃尔。”他一字一句地说。“我不敢相信，我竟然没有说出事实。我以前从来没有让朋友那么失望。什穆埃尔，我为自己感到羞耻。”

听到布鲁诺说的这些话，什穆埃尔的脸上露出了微笑，点了点头，布鲁诺知道自己已经得到了什穆埃尔的原谅。接着什穆埃尔做了一件他从未做过的事情。他把铁丝网的底部拽了起来，就像每次布鲁诺要递给他食物时那样，可是这一次，他伸出了自己的手，等待着布鲁诺把手也伸过来。接着两个男孩的手握在了一起，彼此露出了微笑。

他们第一次接触到了对方。

· 第十六章 ·

头发风波

自布鲁诺回家看到玛丽亚在整理他的东西的那天起，已经过了差不多一年。他对柏林生活的那段记忆已经模糊不清，当他试图回忆时，只记得三个好朋友中卡尔和马丁的名字，另一个朋友的名字却怎么也想不起来了。后来发生了一件事，让他可以离开“赶出去”两天，回到柏林的那座老房子——奶奶去世了，他们全家要回去参加葬礼。

回到柏林的家以后，布鲁诺意识到自己已经长高了不少。现在，他可以看见以前看不到的风景，站在顶楼的窗户边向外看时，也用不着再踮起脚了。

离开柏林之后，布鲁诺就再也没见过奶奶，尽管他每天都很想念她。他对奶奶最清晰的记忆是，奶奶带着他和格蕾特尔在圣诞节还有生日聚会上表演的那些小短剧，无论他扮演什么角色，奶奶总会为他准备非常漂亮的服装。当布鲁诺想到以后再也不能和奶奶一起表演时，他感觉非常难过。

在柏林的那两天是他最伤心的两天。奶奶的葬礼上，布鲁诺、格蕾特尔、爸爸、妈妈和爷爷坐在前排。爸爸穿着他最好的那套军装，笔挺的军装上挂满了勋章。爸爸特别悲伤，妈妈告诉布鲁诺，那是因为爸爸和奶奶吵架以后，直到奶奶去世他们也没有和解。

许多人送了花环到教堂，就连“圆叟”也送来了一只花环，这让爸爸感到非常荣耀。可是妈妈听说后，说奶奶如果知道了，即使在另一个世界也不会安息的。

当他们再次回到“赶出去”时，布鲁诺竟然感觉有点高兴。他已经把这儿当成自己的家了，他不再计较这座房子只有三层而不是五层，他也不再为士兵们在他家进进出出而感到烦恼。他渐渐觉得，这些事情其实也不是那么糟糕，尤其是自从他认识了什穆埃尔。他知道，有很多事情值得高兴，比如爸爸妈妈看上去开心了许多，妈妈也不再睡那么久的午觉，不再喝那么多药用雪利酒了。至于格蕾特尔，用妈妈的话说，她正在经历一个特殊的阶段，不再像以前那样欺负布鲁诺了。

除此之外，还有一件事情——科特勒中尉被调离了“赶出去”，他再也不能令布鲁诺感到气愤或沮丧了。（科特勒的离开非常突然，爸爸妈妈在晚上经常因为这件事情争吵，不过他确实已经离开了，这一点毫无疑问，而且他再也不会回来了。格蕾特尔则为此伤心不已。）还有一件值得高兴的事情：再也没有人叫他“小家伙”了。

当然，最令人开心的事情是他有一个叫什穆埃尔的朋友。

每天下午布鲁诺都沿着铁丝网走过去和什穆埃尔见面，他非常享受这段光景，也很庆幸见到他的朋友最近变得开心了很多，目光不再显得那么呆滞，尽管身体看上去依然骨瘦如柴，脸色也是非常苍白。

一天，他们俩在老地方面对面坐着，布鲁诺说：“这是我拥有过的最特别的友谊。”

“为什么？”什穆埃尔问。

“因为我以前认识的那些朋友都会和我在一起玩。”他回答，“可是我和你从来没有在一起玩过，我们只是坐在这儿聊天。”

“我喜欢坐在这儿聊天。”什穆埃尔说。

“嗯，我也是。”布鲁诺说，“可是，我们不能一起做一些更有趣的事情，比如探险，或者踢足球。我们在一起的时候，总是隔着这道铁丝网。”

布鲁诺经常这么说，因为几个月前他否认了自己和什穆埃尔之间的友谊，他想假装自己已经忘了这件事。事实上，这件事在他的心里一直挥之不去，让他感到羞愧不已，尽管什穆埃尔似乎早已忘记了。

“也许有一天我们可以，”什穆埃尔说，“如果他们把我们放了的话。”

布鲁诺对铁丝网两边的状况及造成这两种状况的原因越来越好奇。他想问问爸爸或者妈妈，但是他觉得这么做或许会让爸爸妈妈生气，又或者他们会说一些关于什穆埃尔和他的家庭不好的事情。因此，他做了一件不同寻常的事情，他决定和那个“不可救药的孩子”谈谈。

格蕾特尔的房间和他上次去的时候已经大不相同了。首先，她的房间里没有洋娃娃了。大约一个月之前的一天下午，大概是科特勒中尉离开“赶出去”的时候，格蕾特尔决定不再喜欢洋娃娃了，她把所有的洋娃娃装进四个很大的袋子，扔了出去。她在以前放洋娃娃的地方挂上了爸爸送给她的欧洲地图。每天她读完报纸之后，就会用图钉把报纸钉在那里，随着报纸不断增多，小图钉的位置也不断变化着。布鲁诺觉得她可能快要疯了，不过她不再像以前那样经常嘲笑和欺负他了。因此，布鲁诺觉得和格蕾特尔谈谈也不会是一件坏事。

“嘿。”布鲁诺说。他轻轻地敲了一下门，因为他知道如果自己直接进去，她一定会生气。

“你有什么事？”格蕾特尔说。她正坐在梳妆台前，摆弄着自己的头发。

“没什么。”布鲁诺说。

“那就请离开。”

布鲁诺点了点头，却还是走进房间，在床边坐了下来。格蕾特尔看着他走了进来，不过她什么都没说。

“格蕾特尔，”他终于又开口了，“我可以问你一件事吗？”

“快说。”她说。

“在‘赶出去’的所有事情——”他的话还没说完，就立即被格蕾特尔打断了。

“这里不叫‘赶出去’，布鲁诺。”她生气地说，似乎他犯了历史上最严重的错误，“你为什么就说不对呢？”

“这里就叫‘赶出去’。”布鲁诺反驳道。

“不是。”格蕾特尔坚持道，然后她向布鲁诺演示了这个词的正确读法。

布鲁诺皱皱眉，并且耸了耸肩。“我就是这么说的。”他说。

“不是，你没有。我不想跟你争论这个了。”格蕾特尔说，她已经失去了耐心，从一开始她就没有什么耐心，“究竟是什么事？你想知道什么？”

“我想知道关于那道铁丝网的事情。”布鲁诺语气坚定地说，他认为这是最重要的事情，“我想知道为什么那里会有一道铁丝网。”

坐在椅子上的格蕾特尔转过身，好奇地看着他。“你是说你什么都不知道？”她问。

“是的。”布鲁诺说，“我不知道为什么我们不能去铁丝网的另一边。我们怎么了？为什么不能去那边玩？”

格蕾特尔盯着他，然后突然大笑起来，直到她看见布鲁诺一脸严肃的样子，才停了下来。

“布鲁诺，”她用哄小孩子的口气说，似乎在解释一件世界上最显而易见的事情，“那道铁丝网不是要阻止我们过去，而是要阻止那边的人到我们这边来。”

布鲁诺想了一下，却还是不明白。“可这是为什么呢？”他问。

“因为他们必须被关在一起。”格蕾特尔解释道。

“你是说和他们的家里人关在一起吗？”

“对，和他们的家里人关在一起，因为他们是同类。”

“什么叫他们是同类？”

格蕾特尔叹了口气，直摇头。“布鲁诺，他们都是犹太人。你不知道吗？这就是他们会被关在一起的原因，他们和我们不一样。”

“犹太人。”布鲁诺念了一遍这个词，他很喜欢它的发音。“犹太人。”他重复了一遍。“铁丝网另一边的人都是犹太人吗？”

“对，没错。”格蕾特尔说。

“我们是犹太人吗？”

格蕾特尔惊讶地张大了嘴巴，就好像被人狠狠地扇了一巴掌。“不是，布鲁诺。”她说，“不是，我们当然不是。你不许再说这样的话。”

“为什么呢？那我们又是什么人？”

“我们是……”格蕾特尔正要解释，却又停下来想了想。“我们是……”她继续说道，可是她也不清楚该怎么回答。“反正我们不是犹太人。”最后，她这样说道。

“我知道我们不是犹太人。”布鲁诺沮丧地说，“我是在问你，如果我们不是犹太人，那我们究竟是什么人？”

“我们和他们完全不一样。”格蕾特尔立刻回答道，她似乎对自己的这个答案颇为满意，“对，就是这样，我们是和他们完全不一样的人。”

“好吧。”布鲁诺说，他很高兴这个问题终于得到了解答，“也就是说不一样的人住在铁丝网的这一边，犹太人住在另一边。”

“说得对，布鲁诺。”

“犹太人不喜欢不一样的人吗？”

“不，是我们不喜欢他们，傻瓜。”

布鲁诺皱起了眉。虽然爸爸妈妈一再告诫格蕾特尔不许叫弟弟傻瓜，可是她还是这么叫。

“为什么我们不喜欢他们呢？”布鲁诺问。

“因为他们是犹太人。”格蕾特尔说。

“我明白了，因为不一样的人跟犹太人不能和睦相处。”

“不是的，布鲁诺。”格蕾特尔说。她说这句话时语速很慢，因为她注意到自己的头发里好像有个什么东西，就开始仔细地检查起来。

“嗯，为什么不能让他们在一起，然后——”

布鲁诺的话说了一半，就被格蕾特尔刺耳的叫喊声打断了，叫喊声还吵醒了正在午睡的妈妈。妈妈冲进她的房间，看看两个孩子是不是又起了冲突。

格蕾特尔在头发里发现了一个小小的虫卵，就跟图钉的尖头差不多大。她让妈妈看，妈妈立刻拨开她的头发开始检查，然后又走到布鲁诺身边，同样检查了一番。

“哦，真不敢相信。”妈妈生气地说，“我就知道住在这样的地方会发生这种事。”

原来格蕾特尔和布鲁诺的头发里长了虱子。格蕾特尔不得不用一种气味很难闻的洗发水洗头发，她躲在房间里哭了好几个小时，眼睛都肿了。

布鲁诺也用相同的洗发水洗了头，不过后来爸爸决定要让布鲁诺的脑袋瓜子焕然一新。他拿来一把剃刀，把布鲁诺的头发全部剃光了，布鲁诺哭了起来。剃头的过程并不太久，尽管布鲁诺不愿意看着自己的头发一缕一缕地落在脚下的地板上，可是爸爸说必须这么做。

剃完头以后，布鲁诺在洗手间看着镜子中的自己，感觉非常难看。他的整个脑袋看起来很别扭，他现在是光头，所以眼睛显得特别大。他几乎被镜中的自己吓了一大跳。

“别担心。”爸爸安慰他，“头发会长出来的，只需要几周而已。”

“都是因为这里太脏了。”妈妈说，“我们该怎么在这个鬼地方待下去啊！”

看着镜子中的自己，布鲁诺突然发现他这副模样很像什穆埃尔。他想，铁丝网那边的人是不是也长了虱子，所以他们都剃了光头。

第二天，当布鲁诺见到什穆埃尔时，什穆埃尔被他的样子逗得大笑不止，这令布鲁诺大受打击。

“我现在看起来跟你有点像了。”布鲁诺难过地说，他就像是在接受一个非常可怕的事实。

“不过你更胖一点。”什穆埃尔说。

· 第十七章 ·

妈妈坚决要走

在接下来的几周里，妈妈似乎对在“赶出去”的生活越来越不满意，布鲁诺很清楚其中的原因。毕竟，刚来的那段时间，他也很讨厌这个地方，因为这儿一点都不像一个家，缺少很多东西，比如他一生中最好的三个朋友。不过他对这里的印象已经慢慢发生了改变，这主要是因为什穆埃尔，什穆埃尔已经变得比卡尔、丹尼尔、马丁更加重要了。可是妈妈没有一个像什穆埃尔这样的朋友，她没有人可以说话。唯一算得上她的朋友的人——年轻的科特勒中尉——却被调到了其他地方。

尽管布鲁诺不想变成从钥匙孔和烟囱偷听别人说话的坏孩子，有一天下午，当他经过爸爸的书房时，他还是不小心听见了爸爸和妈妈在里面的谈话。他确实不是有意偷听，而是因为他们说话的声音实在太大，所以他无意中听到了一些。

“这太可怕了，”妈妈说，“简直太可怕了，我再也忍受不了了。”

“我们没有选择。”爸爸说，“这是我们的任务，而且——”

“不，这是你的任务。”妈妈说，“你的任务，与我们无关。你愿意的话，就自己留下吧。”

“可是别人会怎么想呢？”爸爸说，“如果我让你和孩子们回到柏林，别人会怎么想？他们会怀疑我对这项工作的忠诚。”

“工作？”妈妈喊道，“你把这里的事情称为工作？”

布鲁诺没有再听下去，因为声音距离门口越来越近，妈妈很有可能会冲出门去，寻找她的药用雪利酒。布鲁诺跑到了楼上，不过根据听到的谈话内容，他推测出他们很可能要回柏林了，可令他惊讶的是，他对这件事并没有什么感觉。

虽然他仍然很怀念柏林的生活，但是一切早已发生了翻天覆地的变化。卡尔和另外两个他记不清名字的朋友很可能已经把他忘了，而奶奶去世后，他们几乎再也没有听到过爷爷的消息。据爸爸说，爷爷已经老糊涂了。

而另一方面，他已经习惯了“赶出去”的生活。他不再反感李斯特先生；他和玛丽亚的关系，也比以前在柏林时更加亲近了；格蕾特尔仍然在经历那个特殊阶段，几乎不会找他的麻烦（而且她似乎也不再是个“不可救药的孩子”）；每天下午，他都能和什穆埃尔聊天，这让他觉得快乐极了。

布鲁诺根本说不清楚自己现在的感受，但是他决定，无论未来会怎样，他都无怨无悔。

接下来的几周，什么都没有发生，生活像往常一样继续。爸爸每天的大部分时间不是待在书房，就是在铁丝网的另一边。妈妈整天一言不发，午睡的时间比以前更长了，甚至有时候在吃午餐之前就开始睡觉，布鲁诺担心起妈妈的健康，因为他没见过有人会喝那么多的药用雪利酒。格蕾特尔总是待在她的房间，专注地看贴在墙上的各种地图，她每天还会花上好几个小时看报纸，看完就把报纸钉在墙上（李斯特先生对她大为赞赏）。

布鲁诺听话极了，没有惹任何麻烦，他为交了一个谁都不知道的朋友而自鸣得意。

有一天，爸爸把布鲁诺和格蕾特尔叫到他的书房，告知他们即将发生的变故。

“坐下，孩子们。”爸爸指着两把宽敞的真皮扶手椅说。以前来爸爸书房的时候，因为他们的手太脏了，爸爸是不允许他们坐这两把椅子的。爸爸自己也到书桌后面坐了下来。“接下来，我们会迎来一些变化。”爸爸继续说，他看起来似乎有点悲伤，“告诉我，你们在这里开心吗？”

“是的，爸爸，当然开心。”格蕾特尔说。

“当然，爸爸。”布鲁诺说。

“你们一点都不想回柏林吗？”

孩子们变得有些犹豫，互相看了一眼，似乎不知道该由谁来回答这个问题。“我非常想回去。”最终，格蕾特尔开口了，“我很想再拥有一些朋友。”

布鲁诺笑了，心里想着自己的秘密。

“朋友，”爸爸点点头说，“没错，我经常想这个问题，你在这儿一定会感觉到孤独。”

“非常孤独。”格蕾特尔十分肯定地说。

“你呢，布鲁诺？”爸爸看着他说，“你想你的朋友吗？”

“嗯，是的。”布鲁诺仔细地思索着该怎么回答，“无论我在哪里，我都会想念我的朋友。”他指的是什穆埃尔，但是他又不想表明心声。

“那你想回柏林吗？”爸爸问，“要是有机会回去的话。”

“我们所有人都回去吗？”布鲁诺问。

爸爸深深地叹了口气，又摇摇头。“妈妈、格蕾特尔，还有你，一起回我们柏林的家。你愿意吗？”

布鲁诺思考了一会儿。“如果你不回去，那我也不想回去。”他说的是真心话。

“所以你宁愿和我一起待在这里？”

“我更希望我们四个人待在一起，”他很不情愿地把格蕾特尔也包含在内了，“无论是在柏林，还是在‘赶出去’。”

“喂，布鲁诺！”格蕾特尔的声音听上去很生气，布鲁诺不知道这是因为他破坏了一家人回去的计划，还是因为自己又念错了新家的名字。

“我想现在恐怕不太可能。”爸爸说，“‘圆叟’不会收回他交给我的任务。不过，你们的妈妈认为，你们三个最好一起先回柏林的家。我考虑再三……”爸爸停顿了一会儿，朝着左边的窗户望去——那扇窗户正对着铁丝网另一边的营地，“我想了想，或许她说的没错，这里不是小孩应该待的地方。”

“可这里有几百个孩子啊。”布鲁诺不假思索地说，“只不过他们都在铁丝网的另一边。”

接着大家都沉默了，然而这种沉默并不等同于没有人说话时的那种寂静，这种沉默似乎包含着一种嘈杂。爸爸和格蕾特尔的眼睛都盯着他，而他惊讶地眨了眨眼睛。

“你说铁丝网那边有几百个小孩，是什么意思？”爸爸问，“你知道那边的情况吗？”

布鲁诺张开嘴巴正要回答，却又担心自己说太多话会惹麻烦。“我从房间的窗户看见他们的。”他最终开口了，“当然，他们都在很远的地方，好像有几百个孩子，都穿着条纹衣服。”

“条纹衣服，没错。”爸爸说着，点了点头，“你只是一直远远地观察他们，对吗？”

“嗯，我是看见过他们。”布鲁诺说，“我不知道‘观察’和‘看见’是不是一回事。”

爸爸笑了笑。“很好，布鲁诺，”他说，“你说得对，这不是一回事。”他再次犹豫了一会儿，然后点点头，似乎做了最终的决定。

“你们的妈妈说得对。”他大声说道，不过他既没有看格蕾特尔，也没有看布鲁诺，“她说得完全对，你们在这里待得太久了，该回家了。”

一切就这么决定了。这个消息已经提前传到柏林：房子要打扫，窗户要擦洗，栏杆要上漆，桌布要熨平，床也要铺好。爸爸宣布，妈妈、格蕾特尔和布鲁诺将在本周内返回柏林。

布鲁诺发现自己并不是特别期待回柏林，他也不忍心把这个消息告诉什穆埃尔。

· 第十八章 ·

最后的探险

爸爸告诉布鲁诺很快要回柏林的当天，什穆埃尔没有像往常一样来铁丝网这边，接下来的那天也没有来。到了第三天，布鲁诺到了那儿，还是没有看到有人盘着腿坐在地上。他等了十分钟，然后打算回去了。他非常担心，离开“赶出去”以后，就再也不能来见他的朋友了。就在那个时候，远处有一个小圆点变成了小斑块，接着变成一个小黑团，然后又变成一个影子，最终变成穿着条纹衣服的男孩。

当布鲁诺看到那个身影朝自己走来时，他露出了笑容。他坐到地上，从口袋里拿出一块面包和一个苹果，准备递给什穆埃尔。但即便他们还隔着一段距离，布鲁诺也能看出来，他的朋友比往常看起来更加不开心。什穆埃尔到达铁丝网附近时，也没有像往常一样急切地伸手来拿食物。

“我以为你不会再来这里了。”布鲁诺说，“我昨天和前天都来了，你却没有来。”

“我很抱歉。”什穆埃尔说，“发生了一件事。”

布鲁诺眯着眼睛看着什穆埃尔，试图猜测发生了什么事。他心想，是不是什穆埃尔也被告知要回家了，毕竟，像这样巧合的事情是有可能发生的，比如他们的生日是同一天。

“嗯？”布鲁诺问，“什么事？”

“我爸爸，”什穆埃尔说，“我们找不到他了。”

“找不到他了？这太奇怪了。你是说他失踪了吗？”

“我想是的。”什穆埃尔说，“周一那天他还在，后来他跟几个人一起去干活儿，结果他们谁都没有回来。”

“那他有没有给你写信？”布鲁诺问，“或者留一张便条，说他什么时候回来？”

“没有。”什穆埃尔说。

“真奇怪。”布鲁诺说。“你去找他了吗？”又过了一会儿，他问道。

“当然找了。”什穆埃尔叹了口气，“我做了你经常说的那件事，我去探险了。”

“没有什么发现吗？”

“没有。”

“哦，那真奇怪。”布鲁诺说，“不过我想这件事肯定是由一个简单的原因造成的。”

“什么原因？”什穆埃尔问。

“我猜，他们被带到另一个城市去工作，他们要在那里待上好几天，直到完成工作才能回来。不过这里的邮政服务不太好。我想，他很快就会回来的。”

“希望是这样。”什穆埃尔说，他看起来快要哭了，“没有爸爸，我都不知道该怎么办了。”

“如果你愿意的话，我可以去问问我爸爸。”布鲁诺小心翼翼地说，事实上，他并不希望什穆埃尔接受他的这个提议。

“我不觉得这是一个好主意。”什穆埃尔说。这个回答令布鲁诺有点失望，因为他没有彻底拒绝。

“为什么？”他问，“我爸爸对铁丝网另一边的情况非常了解。”

“我不觉得那些士兵喜欢我们。”什穆埃尔说。“没错，”他又尽量带着笑容说，“我知道他们不喜欢我们，他们讨厌我们。”

布鲁诺惊讶地把身体往后一倾。“我确定，他们不讨厌你们。”他说。

“他们讨厌我们。”什穆埃尔说，他身体前屈，眼睛眯了起来，略微咬着嘴唇，表现得有些愤怒。“不过没关系，我也讨厌他们。我恨他们。”他果断地重复道。

“你不讨厌我爸爸，对吗？”布鲁诺问。

什穆埃尔咬着嘴唇，没有说话。他见过布鲁诺的爸爸无数次，却怎么也想不明白，为什么那样的人会有一个如此友好善良的儿子。

“好吧。”沉默了片刻之后，布鲁诺说，他不希望继续讨论这个话题，“我也有一件事情要跟你说。”

“是吗？”什穆埃尔抬起头，满怀希望地看着他。

“嗯，我要回柏林了。”

什穆埃尔惊讶地张开嘴巴。“什么时候？”他的声音变得有点哽咽了。

“今天是周四，”布鲁诺说，“周六我们就要离开，吃过午饭之后。”

“回去多久？”什穆埃尔问。

“我想是永远吧。”布鲁诺说，“妈妈不喜欢‘赶出去’，她说这里不是我们两个小孩待的地方，所以只有爸爸会继续留在这里工作，‘圆叟’有重要的事情让他做。我们其他人一起回家。”

他用了“家”这个词，但事实上，他并不确定哪里才是“家”。

“那我以后再也见不到你了？”什穆埃尔问。

“嗯，是的，有一段时间吧。”布鲁诺说，“你放假的时候可以来柏林找我。你不会永远待在这里的，对吗？”

什穆埃尔摇了摇头。“我希望不会。”他悲伤地说。“你

走之后，我就再也没有人可以说话了。”他又说。

“不会的。”布鲁诺说。他想再说些什么，可是说完“我会想你的，什穆埃尔”这句话以后，他就不好意思再说下去了。“所以明天是我们最后一次见面了，”他接着说道，“到时候我们就要说再见了，我会尽量给你带一些其他的好吃的。”

什穆埃尔点了点头，他觉得没有任何语言可以表达他现在的悲伤。

“我希望我们可以在一起玩，”沉默了很久之后，布鲁诺说，“就一次，让我们可以记住这一次。”

“我也希望可以。”什穆埃尔说。

“我们一起聊天有一年多了，可是还从来没有一起玩过。你知道吗？”布鲁诺接着说，“我一直在我房间窗户那里看你住的地方，却从来没有看清它是什么样子的。”

“你不会喜欢的，”什穆埃尔说，“你们的房子漂亮多了。”

“我还是希望可以看看。”布鲁诺说。

什穆埃尔想了一会儿，然后弯下身子，把手伸到铁丝网下面，一点点地往上拽，到了某个高度，刚好足够布鲁诺的身体从下面爬过来。

“为什么你不过来？”什穆埃尔说。

布鲁诺眨了眨眼睛，考虑了一会儿。“我觉得爸爸妈妈是不会允许的。”他非常没有把握地说。

“嗯，他们也不会允许你每天来这儿和我聊天，”什穆埃尔说，“但是你还是来了，不是吗？”

“但是如果我被抓到了，会很麻烦。”布鲁诺说，他确定爸爸妈妈是不会同意的。

“这倒是。”什穆埃尔说，他把铁丝网放下，含着眼泪看向地面，“我想明天就要说再见了。”

过了好一会儿，两个孩子什么话都没说。突然，布鲁诺似乎想到了什么。

“除非……”布鲁诺开口了，接着他又思考了片刻，脑中浮现出一个计划。他伸出一只手摸摸脑袋，被剃光的头发还没有完全长出来。“你记得我说过我长得像你吗？”他问，“就是那天我被剃光头发以后。”

“你只是胖了一点。”什穆埃尔说。

“嗯，既然是这样，”布鲁诺说，“如果我也有一套条纹衣服，那我就能过去了，没有人会发现的。”

什穆埃尔的脸上一扫阴霾，露出了灿烂的笑容。“你真的这么想吗？”他问，“你要这么做吗？”

“当然。”布鲁诺说，“这会是一次了不起的探险，是最后的探险，我们终于可以一起探险了。”

“你也可以帮我找爸爸。”什穆埃尔说。

“为什么不呢？”布鲁诺说，“我们可以一起四处找找，看看能不能有什么发现，这就是探险的目的。可问题是，我们缺一套条纹衣服。”

什穆埃尔摇摇头。“这个没问题，”他说，“有一间小木屋里放了很多，我可以找一套跟我的衣服差不多大小的，带来给你穿上，然后我们一起找爸爸。”

“太好了，”布鲁诺说，他的心情非常激动，“这就是我们的计划。”

“那明天我们还是这个时间见面。”什穆埃尔说。

“你可别迟到了。”布鲁诺说着，站起来掸了掸身上的灰尘，“别忘了条纹衣服。”

那天下午，两个孩子都激动地回家了。布鲁诺一直惦记着即将到来的大探险，他在回柏林之前终于有机会去铁丝网另一边看看了——这绝对称得上一次真正的探险。什穆埃尔也因为有人可以帮助他一起找爸爸而满怀希望。总而言之，这似乎是一个非常完美的计划，也是一种绝佳的告别方式。

· 第十九章 ·

第二天的经历

第二天，也就是周五，又是一个雨天。布鲁诺早晨醒来往窗外望去，失望地看着倾盆而下的大雨。如果换作平时，布鲁诺一定会放弃今天和什穆埃尔的见面，等下周某个闲暇的下午再去见他。可今天将是他和什穆埃尔最后一次见面，更为重要的是，他们即将进行一次激动人心的探险，而且他还会乔装改扮一番。

然而，时间一分一秒地过去，他一点办法都没有。不过，现在还是早上，距离下午见面还有很长时间。到那个时候，雨一定会停。

上午在李斯特先生的课上，布鲁诺不停地望向窗外，可是大雨丝毫没有停下来的迹象，敲打在窗户上的雨反而越来越响。吃午饭的时候，他从厨房往外看，雨小了很多，太阳似乎就要从乌云后面出来了。然而到了下午上历史课和地理课时，他看到雨又变得越来越大，几乎快要从窗户外倒灌进来了。

幸好，在李斯特先生快要离开的时候，雨停了。于是布鲁诺穿上靴子和厚雨衣，等到天空渐渐明亮起来，他才走出家门。

他的靴子踩在泥土里嘎吱作响，他比以往更加珍惜这次的旅途。每迈出一步，他都走得晃晃悠悠，似乎随时可能摔倒在地，不过他最终保持住了平衡。在最难走的地方，当他抬起左脚时，靴子陷在烂泥里，他的脚从靴子里滑了出来，但是他也没有摔跤。

他抬起头望着天空，尽管天空还是一片灰暗，但是今天的雨已经下得够多了，所以一定不会阻碍他们下午的探险。当然，等他回到家以后，将很难解释为什么身上弄得脏兮兮的。不过，就像妈妈以前说的，男孩子都是这样，所以他应该不会有太大麻烦。（最近几天，妈妈非常开心，因为他们的物品都已经一箱箱封装好，被放到载他们回柏林的卡车上了。）

布鲁诺到那儿时，什穆埃尔已经在等他了。这一次，

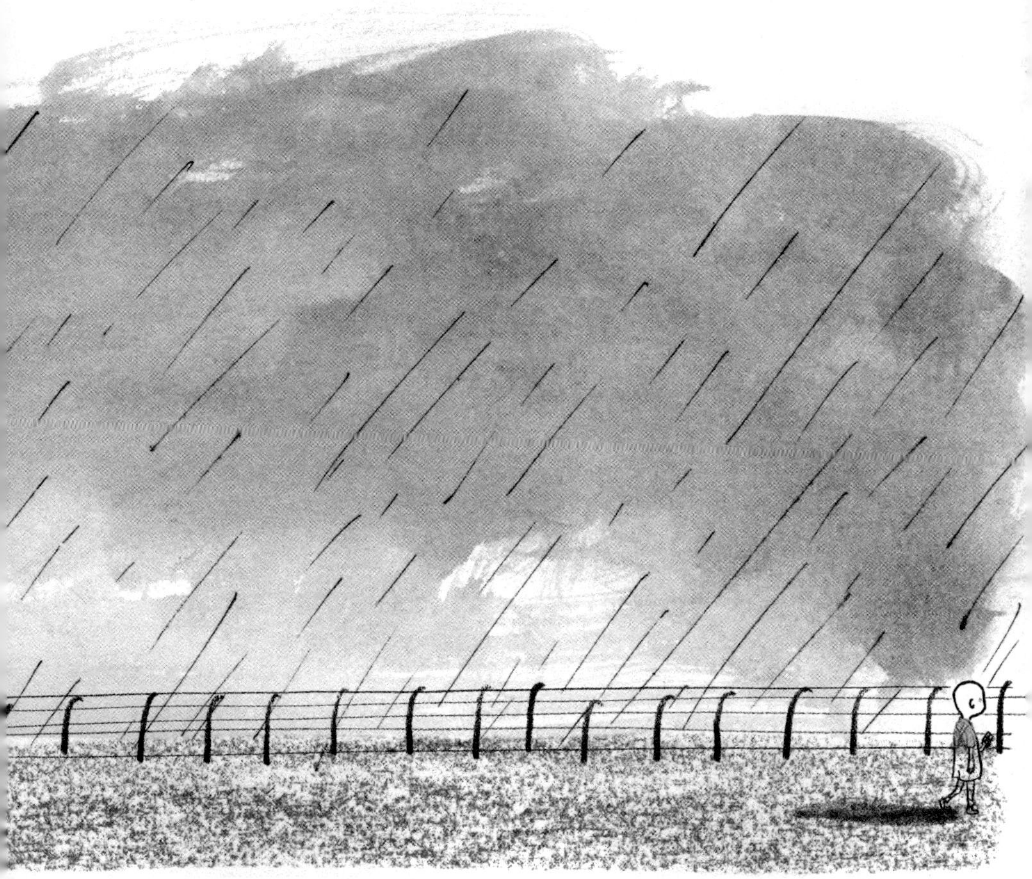

什穆埃尔没有盘腿坐着，望着地上的泥土，而是站在铁丝网旁边。

“你好，布鲁诺。”看到朋友走近时，什穆埃尔说道。

“你好，什穆埃尔。”布鲁诺说。

“我刚刚还不确定我们能不能再见面，因为下雨，许多事情都做不了了。”什穆埃尔说，“我以为你会待在屋子里。”

“差一点就这样了，”布鲁诺说，“天气真是太糟糕了。”

什穆埃尔点点头，把手伸向布鲁诺，同时咧开嘴笑了。他带来了有条纹的衣服和裤子，还有一顶条纹帽子，跟他自己身上穿的一模一样，虽然看上去不太干净，但是很适合用来乔装。布鲁诺知道，优秀的探险家需要穿上合适的衣服。

“你还想帮我找爸爸吗？”什穆埃尔问。布鲁诺迅速地点了点头。

“当然，”布鲁诺说，其实帮什穆埃尔找爸爸这件事在他的心里并没那么重要，他更在意的是去铁丝网的另一边探险，“我不会让你失望的。”

什穆埃尔将铁丝网底部拽了起来，把衣服从下面递给布鲁诺，他的动作非常小心，生怕衣服碰到地上的泥土。

“谢谢。”布鲁诺说。然后他挠了挠光秃秃的脑袋，后悔没有带一个袋子来装自己的衣服。地上实在太脏了，如果他把衣服放到地上，一定会弄脏。可是他别无选择。他要么把衣服放到地上，等回来后接受衣服上沾满泥土的事实；要么取消整个计划，而这是任何一个优秀的探险家都不会做的事情。

“请你转过去。”布鲁诺说着，用手指了指傻傻地站在一旁的什穆埃尔，“我不想你看着我换衣服。”

什穆埃尔转过身去。布鲁诺脱掉外套，尽量小心地放在地上，然后脱掉衬衫，在冷风中颤抖了一下，接着穿上条纹衣服。当他把衣服从头上套过去时，他无意中深吸了一口气，衣服上的气味实在太难闻了。

“这衣服是什么时候洗的？”他喊道。什穆埃尔转过身来。

“我不知道有没有洗过。”什穆埃尔说。

“转过去！”布鲁诺喊道，什穆埃尔照做了。接着，布鲁诺左瞧瞧右瞧瞧，确定周围没有人，开始吃力地脱自己的裤子，因为他得保持一只脚穿着靴子站在地上。他觉得在冷风中脱裤子是一个很奇怪的行为，他无法想象如果有人看见了会怎么想。不过，经过一番努力之后，他终于完成了这项任务。

“好了，”他说，“你可以转过来了。”

什穆埃尔转过来时，布鲁诺正在完成最后一个步骤——将条纹帽子戴到头上。什穆埃尔眨了眨眼，又摇了摇头。简直太不可思议了。如果不是因为布鲁诺不像铁丝网这边的男孩那么消瘦，脸色也不是那么苍白，几乎很难将他们区分开来。什穆埃尔觉得布鲁诺简直和自己一模一样。

“你知道这让我想到了什么吗？”布鲁诺问。

什穆埃尔摇摇头问：“什么？”

“这让我想到了奶奶。”他说，“你记得我跟你提到过吧，去世的奶奶？”

什穆埃尔点点头，他记得，因为这一年来布鲁诺经常提到他的奶奶，布鲁诺还说了他有多么喜欢奶奶，多么后悔在奶奶去世前没有多给她写几封信。

“这让我想到，以前表演短剧时，她总是给我和格蕾特尔穿上好看的衣服。”布鲁诺说着，眼神从什穆埃尔身上移开，寻找起那些尚未消失的关于柏林的记忆碎片，“这让我想到，她为我准备的衣服都非常适合我。她经常说，当你穿上合适的服装，你就会进入你所扮演的角色。我想我现在就是在做这样的事情，对吧？扮演铁丝网另一边的某个人。”

“你是说，扮演一个犹太人？”什穆埃尔说。

“对，”布鲁诺说，他的脚不自觉地扭动了一下，“没错。”

什穆埃尔指了指布鲁诺从家里穿来的那双厚靴子。“你要把靴子也留在这里。”他说。

布鲁诺一脸惊讶。“可是地上有泥，”他说，“你不会希望我光脚走路吧。”

“不然你会被认出来的，”什穆埃尔说，“你只能这么做。”

布鲁诺叹了口气，不过他知道他的朋友说得没错。于是他脱下靴子和袜子，放在那堆衣服旁边。刚开始，他觉得赤脚走在泥地里是一件非常可怕的事情，泥巴没过了他的脚踝，当他抬脚时，那种感觉更糟糕。不过后来，他开始觉得这样其实也挺有意思。

什穆埃尔弯下腰，把铁丝网拽了起来，但是到了一定高度就拽不动了。布鲁诺只能趴下来从底下钻过去，他的条纹衣服上面沾满了泥巴。他低头看看自己，忍不住笑出声来。他身上从来没有这么脏过，不过他感觉非常棒。

什穆埃尔也笑了。两个男孩尴尬地站了好一会儿，他们还不习惯站在铁丝网的同一边。

布鲁诺想给什穆埃尔一个拥抱，让他知道自己多么喜欢他，这一年来，和他聊天是多么快乐。

什穆埃尔也想给布鲁诺一个拥抱，感谢他如此善良，感谢他带来许多食物，还要感谢他愿意帮自己找爸爸。

可是他们谁也没有主动拥抱对方，而是离开铁丝网，朝着营地的方向走去。这一年来，什穆埃尔几乎天天如此，躲过士兵的视线，走到"赶出去"的另一边，这里似乎没有守卫，所以他幸运地遇到了布鲁诺这个朋友。

没过多久，他们就到了营地。眼前的一切惊得布鲁诺瞪大了双眼。在他的想象中，这些小木屋里住着的应该都是快乐的家庭。晚上，大人们会坐在屋外的摇椅上，给孩子们讲述他们小时候的美好时光，那时候他们都尊敬自己的长辈，跟现在的那些孩子完全不同。他还以为这里的男孩和女孩都被分成了不同的小组，打网球、踢足球，或者在地上画好方格，玩跳房子的游戏。

他还以为营地的中心会有一家商店，还有一家小咖啡馆，就像他在柏林见过的那家咖啡馆一样；他还想过这里或许也有个果蔬摊。

然而事实是：这里的一切都不像他想象的那样。

这里没有大人坐在摇椅上。

这里的孩子也没有分组玩游戏。

这里不仅没有果蔬摊，也没有像柏林那样的咖啡馆。

这里只有一群群人坐在一起，眼睛盯着地面，看起来无比悲伤。他们有几个共同点：骨瘦如柴，眼窝凹陷，还剃着光头。布鲁诺想他们这里可能也闹虱子了。

在一个角落，布鲁诺看见了三个士兵，他们好像看守着二十来个人。他们冲那些人大喊着，有几个人跪了下来，双手抱头。

在另一个角落，布鲁诺看见更多的士兵聚在一起说笑着，他们还时不时拿起枪来随意地瞄准周围的人，但并没有开枪。

事实上，不管他看向哪里，他所看到的人只有两种：要么是穿着军装的士兵，他们都很高兴，大笑着，叫喊着；要么是穿着条纹衣服的人，他们一脸悲伤，甚至哭泣着，大多数人目光呆滞，好像睡着了一样。

“我想我不喜欢这儿。”过了一会儿，布鲁诺说。

“我也是。”什穆埃尔说。

“我想我该回家了。”布鲁诺说。

什穆埃尔停下来脚步，眼睛盯着他。“可是爸爸怎么办，”他说，“你说你会帮我找到他的。”

布鲁诺想了想。他答应过朋友，不应该不信守承诺，尤其这是他们最后一次见面了。“好吧。”他说，不过他现在可不像之前那么自信了，“可我们该去哪儿找呢？”

“你说过我们需要寻找一些线索的。”什穆埃尔说，他有些失落，因为他心里清楚，如果布鲁诺不帮他，那就没有谁能帮他了。

“线索，没错。”布鲁诺说着，点了点头，“你说得对。我们开始找吧。”

于是布鲁诺遵守了自己的承诺。两个孩子花了一个半小时在营地里四处寻找线索。他们并不清楚要找什么，但是布鲁诺一直在说，一个好的探险家在发现线索的一瞬间，会知道那就是他要找的。

可是他们根本没有找到任何有关什穆埃尔的爸爸失踪的线索，而这时候天色开始变暗了。

布鲁诺抬头看看天空，好像又要下雨了。“对不起，什穆埃尔。”他终于要放弃了，“我很抱歉，我们没有发现任何线索。”

什穆埃尔难过地点了点头。这样的结果在他意料之中，他原本也没抱太大希望。不过能让他的朋友过来看看他住的地方也挺不错。

“我想我现在要回家了。”布鲁诺说，“你愿意和我一起走到铁丝网那边吗？”

什穆埃尔张开嘴巴，正要回答，这时响起了一声哨音，接着十个士兵——布鲁诺还没看见过这么多士兵聚集在一起——把营地的一片区域给围了起来，而布鲁诺和什穆埃尔恰好就站在这片区域里。

“发生了什么事？”布鲁诺问，“这是怎么回事？”

“经常会发生这样的事情，”什穆埃尔说，“他们让人列队去某个地方。”

“列队？”布鲁诺惊慌地说，“我不能列队去别的地方。我必须按时回家吃晚餐，今天有烤牛肉。”

“嘘！”什穆埃尔说，他把一根手指放在嘴唇上，“别说话，否则他们会发火的。”

布鲁诺皱起了眉，但是此时这个区域所有穿着条纹衣服的人都聚集在了一起，这又让他感到有些放松。他们中的大多数人被士兵推搡着，所以他和什穆埃尔被挤到了人群的最中央，从外面几乎看不见他们俩的身影。他不知道为什么每个人都这么恐惧——列队又不是什么可怕的事情。他想告诉他们这没什么，他爸爸是司令官，如果是爸爸命令所有人列队的，那这事肯定没什么好怕的。

哨音又响了，这一百来人也开始缓慢地移动起来，布鲁诺和什穆埃尔还被挤在队伍的中间。队伍后面发生了一阵骚乱，好像有些人不想走，可是布鲁诺太矮了，看不见发生了什么，他只听见嘈杂的声音，像是枪声，不过他也不太确定。

“这个队伍要走很久吗？”他小声问道，因为他开始觉得饿了。

“我想不会太久。”什穆埃尔说，“我没有见过之前参加列队的人，不过我想不会太久的。”

布鲁诺又皱起了眉。他抬头看向天空，这时又传来一声巨响，这次是头顶的雷声，天空一下子变得更加昏暗，几乎完全黑了，一场大雨倾盆直下，这雨下得比早晨更猛。布鲁诺把眼睛闭了一会儿，感觉到大雨把他整个人都淋湿了。当他再次睁开眼睛时，他发现他并不是自己在走，而是被人群推着走。他感觉身上沾满了泥，他的条纹衣服由于被雨淋湿而粘在了身上。他希望回到家里，远远地眺望这一切，而不是挤在人群中亲身经历。

“我受够了。”他对什穆埃尔说，“继续留在这里我会感冒的。我必须回家了。”

可是正说着，他的脚又不由自主地朝前迈了几步，走着走着，他发现不再有雨水打到自己身上了，因为他们这一群人都拥进了一间很长的屋子，屋里出奇地暖和，而且这间屋子建得非常严实，没有一点雨水漏进来。事实上，这间屋子几乎完全是密闭的。

“这下好多了。”他高兴地说，至少这几分钟可以不用淋雨了，“我想我们得在这儿等雨变小，然后我就要回家了。”

什穆埃尔紧靠在布鲁诺身边，惊恐地看着他。

“我很抱歉，没有帮你找到爸爸。”布鲁诺说。

“没关系。”什穆埃尔说。

“真遗憾，我们没有真正在一起玩过，不过等你来柏林，我们就可以一起玩了。而且我要把你介绍给……哦，他们叫什么名字来着?”他问自己。他为自己没记住一生中最好的三个朋友而有些懊恼，不过他们确实从他记忆中完全消失了。现在他不仅不记得他们的名字，甚至连他们的样子也想不起来了。

“事实上，”他说着，低头看了看什穆埃尔，“我记不记得他们都不重要了。他们已经不再是我最好的朋友了。”他低下头的同时，做了一件完全不符合他性格的事情：他握住了什穆埃尔的小手，并且攥得紧紧的。

“你是我最好的朋友，什穆埃尔。”他说，“我这一生最好的朋友。”

什穆埃尔或许张开嘴巴对他说了什么作为回应，不过布鲁诺再也听不到了，因为这时屋子的门突然关上了，外面响起了电铃声，同时屋子里的所有人都开始大声地喘息起来。

布鲁诺挑了挑眉毛，不明白这是怎么回事，不过他觉得这样可能是为了不让雨打进来，防止人们感冒。

然后屋子里变得一片漆黑，紧接着陷入了一片混乱。布鲁诺还是紧紧地握着什穆埃尔的手，这个世界上再没什么能把他们分开了。

· 第二十章 ·

终曲

从那以后，我们再也听不到有关布鲁诺的任何消息了。

几天后，士兵们搜遍了他们家里的每一个角落，还带着布鲁诺的照片走遍了附近所有的城镇和村庄。后来有一个士兵发现了布鲁诺留在铁丝网旁边的那堆衣服和那双靴子。他没动这些东西，只是叫来了司令官。司令官查看了这个区域，他就像布鲁诺那样左瞧瞧右瞧瞧，不过他这辈子也不会明白在自己的儿子身上到底发生了什么事。布鲁诺就好像是一下子从地球上消失了，只留下了这堆衣服。

妈妈没有像她之前希望的那样立刻返回柏林。她在“赶出去”又待了好几个月，希望有布鲁诺的消息。直到有一天，她想到布鲁诺或许自己回家了，于是她立刻回到了他们的老房子，希望看到布鲁诺坐在门口的台阶上等她。

当然，布鲁诺并没有回到那里。

格蕾特尔和妈妈一起回到了柏林，她经常一个人躲在房间里哭泣，既不是因为她把自己的那些洋娃娃都扔了，也不是因为她把所有的地图都留在了“赶出去”，而是因为她太想念布鲁诺了。

爸爸在“赶出去”又待了一年，他变得越来越冷酷无情，士兵们也越来越不喜欢他。他每天晚上睡觉之前都会想念布鲁诺，每天早晨醒来时想的还是布鲁诺。有一天晚上，他似乎想到了可能发生在布鲁诺身上的事情，于是他又来到一年前发现那堆衣服的铁丝网前。

这地方没什么特别的，和别的地方差不多，不过他亲自检查了一番，发现铁丝网下边并不像其他地方那样完全固定在地面上。他用手一拉，那道铁丝网竟然被掀起来一大块，足够一个身材矮小的人（例如一个小男孩）从下面爬过去。接着他看向远处，同时陷入了沉思。渐渐地，渐渐地，他发现自己的双腿已经不受控制了，似乎这双腿已经无法再支撑他的身体。最后他一下子坐在了地上，几乎就是之前那一年的时间里，布鲁诺每天下午坐的地方，不过他没有像布鲁诺那样盘着腿。

几个月后，又有一些士兵来到了“赶出去”，爸爸被他们带走了。不过他没有怨言，非常顺从，因为他根本不在乎他们会怎么对待自己。

这就是有关布鲁诺和他家人的故事的结局。当然，这一切发生在很久很久以前，这样的故事不会再重演了。

在如今这个时代不会重演了。

本书所获奖项

斩获 5 项大奖

- 爱尔兰图书奖之年度最佳童书
- 爱尔兰图书奖之年度读者之选
- Bisto 年度图书奖
- 西班牙 Qué Leer 年度最佳国际小说奖
- 柑橘奖读者俱乐部年度图书大奖

入围 16 项大奖

- 英国图书奖
- 美国博多书店新作奖
- Ottaker 儿童图书奖
- Paolo Ungari 文学奖
- 爱尔兰图书奖之爱尔兰年度小说
- 利兹图书奖
- 东北部图书奖
- 伯克郡图书奖
- 法尼亚特图书奖
- 佛兰德青年读者奖
- 年度独立书商奖
- 德国青年文学奖
- 卡内基奖
- 国际 IMPAC 文学奖
- 谢菲尔德图书奖
- 兰开夏郡图书奖

媒体评论

成功的小说会引发想象，让我们看见与我们不同的生命，而《穿条纹衣服的男孩》就有这种魔力，我们通过它对大屠杀有了全新的观感……这本小说的结局让读者掩卷后久久不能释怀，能激发人的想法与不同意见，是一本值得阅读、值得讨论、值得珍藏于心中的小说！

——英国 ACHUKA 童书书评网

尽管只是对战乱、盲目的憎恨以及悲惨的环境稍做描绘，伯恩却成功引入了关于迫害与残酷的尖锐故事。作者将扎实的人物塑造与真挚的叙述相结合，让这本书充满力量，让人铭记。对那些知道希特勒“最终解决方案”的人而言，这本书又为“大屠杀文学”增添了独特的一笔。

——美国《校园图书馆杂志》

一部震撼而感人的作品，能让我们在掩卷后仍会长久思考。《穿条纹衣服的男孩》正是这样一部小说，实为文学中有力而动人的作品。

——《约克郡晚邮报》

这本书是出版业的奇迹……它能给十岁以上的孩子带来情感冲击，成年人也同样对它爱不释手。

——《爱尔兰观察报》

充满力量又让人不安。主题与《安妮日记》一样令人难忘。

——《今日美国》

语言简洁却令人印象深刻，小说中没有令人骇然的洪水猛兽，却不动声色地让人警醒。

——《爱尔兰周日报》

一部令人惊叹的小说，一段不容忘却的历史。

——《卫报》

小说的最后部分给了读者内心重重一击！

——《独立报》

该书满怀敬畏地叙述了纳粹对犹太人的大屠杀这一不容置疑的史实，适合安静地细细阅读。毋庸置疑，这绝非一本能伴你安然入眠的书。

——《观察家报》

一个关于友谊和战争恐惧的精彩故事，一种浑然天成的文学才华。

——《爱尔兰独立报》

感人至深……语言平实却优美动人。

——《华尔街新闻》